En toen vloog er een haai door het raam

Raynor Arkenbout

En toen vloog er een haai door het raam

UITGEVERIJ VILLAGE

En toen vloog er een haai door het raam
Raynor Arkenbout

isbn 978 94 61850 676

1e druk december 2013

Redactie: Eric Jan van Dorp, Floris Pieterse
Foto's: Rudy Hellewegen
Coverontwerp: Ruud Helleman

Uitgeverij Village
een imprint van VanDorp Uitgevers
Postbus 42
3956 ZR Leersum
www.vandorp.net / info@vandorp.net

Voorwoord

Het *voor*woord. Dat is een goeie vraag; voor wie zijn deze korte verhalen? Natuurlijk kan ik dat niet zo beslissen als schrijver. Ik kan hooguit gissen wie tot de doelgroep behoort. Voor iedereen die wel eens met zichzelf worstelt. Voor iedereen die zich zo af en toe afvraagt: 'Wat behoor ik hier in godsnaam te doen?' Voor iedereen die het gevoel kent van de meerdere persoonlijkheden in je hoofd die met elkaar ruziën over jouw algemene persoonlijkheid. Voor iedereen die soms niet weet hoe hij met zijn familiebanden moet omgaan of met het tegenovergestelde geslacht. Voor iedereen die gewoonweg – en af en toe lekker egocentrisch – over zichzelf nadenkt.

Ik denk dat we daarmee een grote groep aan mensen hebben afgebakend. Persoonlijk vind ik het namelijk een geweldige grap hoe het kan dat er zoveel eigenschappen en gedachtes zijn die wij als (opgroeiende) mensen hebben waarbij we denken dat wij de enige op de wereld zijn die dat gevoel hebben.

Dit zijn verhalen over zulke mensen. Mensen die worstelen met hun plekje in de wereld die ze voorgeschoteld krijgen, worstelen met de manier waarop zij zich moeten of willen gedragen en mensen die worstelen met zichzelf.

Stiekem vertellen deze verhalen ook een hoop over mijzelf. Want ik durf toch wel te erkennen dat ieder karakter in al mijn verhalen een stukje van mij is. Hoe gemeen of hoe lief ze ook zijn, ze zijn allemaal een gedeelte van een volledig mens, naar mijn mening.

Het zal je opvallen dat in veel van mijn verhalen er personages rondlopen die niet echt zijn of – zelfs nog veel vaker – een afscheiding zijn van het hoofdpersonage. Deze gedachte van meerdere persoonlijkheden in één persoon fascineren mij al jaren, aangezien ik denk dat velen van ons dat hun hele leven doen. Daarmee bedoel ik niet gelijk de extremiteit van schizofrenie. Ik bedoel daar vooral mee dat wij allemaal onszelf verschillende verschijningen aanmeten, verschillende gedachtepersonages als het ware. We wisselen ze af, we proberen nieuwe benaderingen voor dezelfde situaties en we creëren in onszelf nieuwe identiteiten. Oftewel, ik geloof dat we in ons hoofd al heel veel spelletjes met onszelf spelen nog voordat we zelfs de deur uit zijn gestapt, de wijde wereld in.

Maar boven dit alles wil ik dat je weet dat ik niks zeker weet. Deze verhalen zijn geschreven met een uitgeschakeld hoofd en met liefde voor het surrealistische, het magische, het dromerige en het beangstigende gedeelte van het leven. Want net als mijn karakters ben ik vaak bang, vaak blij, soms verward en vaak nieuwsgierig.

Dan rest ons alleen nog maar één vraag: is dit boek ook voor jou? Zo ja, dan neem ik je graag aan de hand en laat ik je deze vreemde werelden zien.

Bedankt voor je vertrouwen en veel leesplezier. Dit boek is voor jou... denk ik.

-Raynor

1

Aantrekkingskracht

Als u dit leest betekent het dat u de eerste stap heeft gezet naar genezing. Gefeliciteerd en welkom bij de Dr. Robertsen Psychokliniek! Aangezien u de moeilijkste stap al heeft gezet, zal de rest als eenvoudig overkomen. Tenminste, daar streven wij naar!

U heeft gekozen voor een techniek die door dokter Robersten zelf is uitgevonden en nu wereldwijd steeds meer populariteit vergaart. U leest het goed: u zit bij het origineel!

Zelfanalyse© is een speciaal ontwikkelde techniek om u op een aantal vlakken te helpen:
- Geen lange termijnen van therapie meer!
- Honderden euro's bespaard op dure eerstelijns psychologen!
- In één sessie van al uw problemen afkomen!
- Maar liefst 8 van de 10 mensen overleven de behandeling en zijn genezen!

Hier bij Dr. Robertsen zijn wij trots op onze procedure en de hulp die wij u daarmee kunnen bieden. U kunt vast niet meer wachten om ingeplugd te worden, maar graag nog even geduld! U heeft nog maar één gesprek te gaan met één van onze doktoren die u spoedig zal ophalen uit de wachtkamer.
Bedankt dat u voor ons heeft gekozen en veel succes!

Dr. Robertsen Psychokliniek.
Waar U de psycholoog bent.

Het pamflet doet mij niet op m'n gemak voelen. Ik sla hem dicht en leg hem weer terug op het bijzettafeltje naast mij. De wachtkamer lijkt op geen enkele manier op de foto's in het pamflet. Zijn vast gekochte stockfoto's. Het is hier doodstil, ik ook.

Ik denk er nog even aan om te vertrekken. Om het gewoon niet te doen. Maar dat zou de kans alleen maar nog meer verkleinen dat het ooit goed zal komen tussen ons.

'Meneer Haverman?' De man in de witte jas kijkt op zijn clipboard terwijl hij mijn naam voorleest en zoekt vervolgens met zijn ogen iemand die reageert.

Het duurt even voordat ik mijn hand opsteek.

'Loopt u maar mee,' zegt hij. Ik volg hem door de deur naar een lange gang.

'Mijn naam is dokter Wijnberg. Ik zal uw sessie overzien en u volledig wegwijs maken in onze faciliteit.' Hij loopt steeds twee stappen voor mij uit maar geeft zo af en toe een knipoog en een lach naar achteren.

'Dit zijn onze verschillende types behandelkamers. Wij hebben voor iedere manifestatie een eigen kamer, speciaal aangepast voor die specifieke symptonen,' zegt hij en wijst met zijn pen naar de vele deuren waar wij langs lopen. Het zijn steeds twee deuren vrijwel direct naast elkaar en daarna een aantal meter muur zonder deuren. De eerste deur heeft altijd een klein raampje, waarschijnlijk de deur van de patiëntenkamer.

'De muur tussen de twee aansluitende kamers heeft een groot raam waardoor de doktoren geen gevaar lopen, maar ze toch goed in de gaten kunnen houden of er niets mis gaat. Als u door het raampje aan uw rechterkant kijkt, ziet u bijvoorbeeld een kamer speciaal gericht op onze licht ontvlambare patiënten.' Hij wijst met zijn pen naar het raampje dat hij bedoelt en loopt door terwijl ik even naar binnen gluur.

Het is een bizar groot apparaat waar de man op zit aangesloten. Met handen en voeten vastgebonden aan een stoel, schreeuwt hij het uit. Het lijkt de twee doktoren achter het glas onverschillig te laten, ook nu de man spontaan in de fik vliegt en als een levende toorts in zijn stoel vastzit. Rustig schrijven de twee mannen in wit hun bevindingen op hun clipboard.

'Alle apparatuur in die kamer kan temperaturen tot 1400 °C aan, dankzij de kobalt in de legering.' Dokter Wijnberg tikt op het raam en wenkt mij om hem weer te volgen.

'Zoals ik al zei, voor alle gevaarlijke manifestaties hebben wij dit soort kamers ontwikkeld: extra hoge kamers voor de egocentrische mensen waarvan het hoofd opblaast, kamers met hittecamera's zodat we de verlegen mensen kunnen blijven zien die onzichtbaar worden en ook kamers bestand tegen elektromagnetisme. Voor mensen zoals u.'

Onze wandeling eindigt bij een kleine spreekkamer.

'Graag wil ik even het formulier met u doornemen en ondertekenen. Mocht het geval zich ooit voordoen dat u of één van uw naasten ons zou willen... U snapt het wel.' Ik knik.

'Even zien,' vervolgt hij, 'u bent hier om op zoek te gaan naar de oorzaak van uw aantrekkingskracht van metalen objecten, klopt dat?'

'Dat klopt.'

'Dit omdat, naar eigen zeggen, het uzelf en anderen om u heen in levensgevaar brengt. Klopt dat?'

'Dat klopt.'

'Als doorslaggevend incident geeft u aan dat de kracht van uw manifestatie sterk genoeg was om een satelliet op uzelf af te sturen. Klop dat?'

'En op mijn vriendin.'

'En op uw vriendin. Dat staat er inderdaad bij, mijn excuses.'

Ik knik.

'Wilt u alstublieft aangeven of dat klopt?'

'Sorry. Dat klopt.'

'Gaan we verder. U noemt hier uw vriendin-'

'Ex-vriendin,' mompel ik.

'Excuus, uw ex-vriendin. U noemt haar hier als specifieke reden om te genezen?'

'Dat klopt.'

'Wilt u alstublieft aangeven of dat klopt?' vraagt hij geïrriteerd.

'Dat deed ik toch net?' antwoord ik.

'Och ja, mijn excuses. Dan is het allemaal in orde.' Mijn dossier wordt dichtgeslagen en we lopen naar de kamer waar ik behandeld zal worden.

Mijn handen worden vastgemaakt aan het apparaat, evenals mijn voeten. Ik voel mijn hart in mijn keel en dat is blijkbaar aan mij te zien.

'Geen zorgen,' zegt dokter Wijnberg, 'deze machine is volledig gemaakt van aluminium. U bent dus in veilige handen.'

'Hoe zit het dan met die 2 van de 10 die het niet overleven?'

'Bent u daar zenuwachtig over? Nogmaals, maakt u zich geen zorgen. Die 2 van de 10 overlijden nooit doordat de kamer het niet aankan. Zij sterven dankzij eigen fouten in hun hoofd. Dat kan soms overweldigend zijn, vooral als het trauma volledig is verdrongen. Maar dat gebeurt vast niet bij u.'

'Hoe weet u dat zo zeker?'

'Oké, voor de rest geen vragen meer? Dan gaan we beginnen!' Hij verdwijnt uit de kamer en verschijnt weer in de aangrenzende kamer achter het glazen raam. Met een knopje op het paneel activeert hij de intercom.

'Ik was nog iets vergeten te vragen. Zou je het erg vinden als wij twee elektrogeleiders tegen uw nek plaatsen? Het zou zonde zijn om alle vrijgekomen energie weg te gooien. Dat snapt u vast ook wel. We vragen het al onze elektropatiënten.' Aarzelend antwoord ik:

'Ja, hoor.'

Enthousiast drukt de dokter op een andere knop van het paneel, waarna ik twee botte punten in mijn nek voel duwen. Ze duwen diep genoeg om de hele tijd voelbaar te zijn maar net niet diep genoeg om mijn luchtpijp dicht te duwen.

'Perfect!' zoals de dokter het noemt, 'Daar gaan we dan. Je voelt waarschijnlijk een korte pijnstoot, maar slaapt daarna als een baby.'

Mijn adem wordt onregelmatig en ik hyperventileer. De machine staat nog niet eens aan.

'Ik wil eruit!' schreeuw ik nog.

'Welterusten!' roept de dokter terug. Ik voel een vrij lange en pijnlijke stroomstoot door mijn lichaam schieten, net zo lang tot ik zwart voor mijn ogen zie. Dit is niet hoe baby's slapen.

'Weet je het nog? We lagen hier op de heuvel. Jij had het veel te warm in je witte overhemd en pantalon.'

'En jij was slim genoeg om een luchtige bloemetjesjurk aan te trekken.' Ik zeg het zonder dat ik er erg in heb. Langzaam doe ik mijn ogen open. Daar, voor mijn neus, zie ik de mooiste ogen ter wereld.

'Hallo, slaapkop.' Ze glimlacht naar mij.

'Dana,' fluister ik, 'ben je hier echt?' Ze kijkt bedenkelijk.

'Ja en nee. Ik ben hier wel echt maar het is jouw hoofd. Ik denk dat ik ook een stukje van jou ben. Misschien wel meer van jou dan dat ik écht mezelf ben, snap je?' Ik begrijp er niets van.

'Ik denk dat ik het snap,' lieg ik en dat ziet ze.

'Jammer dat je zo een slechte leugenaar bent, Max.'

Ik ga rechtop zitten en kijk om mij heen. We zitten op een heuvel die om een of andere reden precies door de helft lijkt gesneden en daar dan ook steil naar beneden afloopt.

'Waarschijnlijk lag je met je rug die kant op,' verklaart Dana.

'Deze plek herinner ik mij wel. Het uitzicht op het maïsveld en deze eenzame boom naast ons.'

'Die functioneerde als een soort natuurlijke parasol.'

'Inderdaad,' zeg ik, 'alleen die horde buffels kan ik mij niet zo goed meer herinneren.' Ik wijs naar een grote woeste kudde dieren die dwars door het maïsveld heen ploegt.

'Ik ook niet. Zal wel niets betekenen. We zitten in je hoofd, dus alles kan. Simpel, toch?'

'Zijn wij hier dan ook nog samen?' vraag ik haar. Haar gezicht vertrekt.

'Max, je moet aan de slag. Als je me terug wil, moet je gaan zoeken.'

'Ik weet niet eens waar ik moet beginnen.' Beteuterd kijk ik naar haar en hoop zo erg dat ze mij het antwoord zal geven. Dat het gewoon zo makkelijk zal zijn. Maar dat wordt het niet, dat weet ik ook wel.

'Wacht nou maar eerst op wat er nu komen gaat.' Ze kijkt me strak aan.

'Wat bedoel je?'

'Weet je het nog? We lagen hier op de heuvel. Jij had het veel te warm in je witte overhemd en pantalon. Ik was slim genoeg om een luchtige bloemetjesjurk aan te doen en toen we elkaar in de ogen aankeken gebeurde het.'

Meteen weet ik weer wat er nu zal komen. Angstig kijk ik naar de blauwe lucht boven mij. De zon wordt verduisterd door de satelliet die naar beneden komt vallen. Het gigantische gevaarte nadert ons snel met een hoog, suizend geluid en versnelt naarmate het dichterbij komt. Ik grijp Dana bij haar pols en ren zo snel ik kan.

Ze heeft moeite met bijhouden maar ik laat haar niet los. Ik ren tot ik niet meer kan. Mijn voeten doen al zeer van de harde afzetten die ik maak. Op mijn handen ontstaan kleine sneetjes van de maïsstengels die ik opzij sla en die op hun beurt op Dana's gezicht inslaan. We rennen de benen uit ons lijf, maar de satelliet komt steeds dichterbij. Niet lang meer voordat hij inslaat. We blijven rennen en er blijven maïsstengels in haar gezicht slaan. De grote ruimtesonde slaat in de grond en schuift met ongelooflijk veel kracht door, onze kant op. Met ons laatste beetje energie springen we aan de kant en zien de satelliet doorschuiven over het maïsveld.

Met een rood en bekrast gezicht gaat ze rechtop zitten.

'Ik werd toen boos op je,' zegt ze lichtelijk geïrriteerd.

'Dat weet ik nog. Je zei dat het mijn schuld was.' Ik kijk naar de ravage die de satelliet had aangericht en klop de aarde van mijn zwarte pantalon.

'Was het ook,' zegt ze.

'Weet ik nog net zo niet.' Ze schudt haar hoofd en klopt haar jurk schoon.

'Ik maakte het daar ter plekke uit en liep terug naar huis.'

Dat weet ik maar al te goed. Het is het enige waar ik deze afgelopen week aan kon denken.

'En je deed exact wat je nu weer doet,' ze wijst naar mij, 'je bleef stil. Je hield me niet tegen. Je vocht er niet tegen. Je liet me gewoon gaan.'

'Wat had ik dan moeten doen, Daan?'

'Je had mij tegen kunnen houden. Je had kunnen zeggen dat je van mij hield.'

'Kom op, Daan. Je weet dat-' Ze onderbreekt mij:

'Ja, ik weet dat je dat moeilijk vindt. Misschien had het niets uitgemaakt. Er viel tenslotte bijna een satelliet op ons door jou.'

'Niet door mij,' fluister ik en draai naar haar toe, maar ze is weg. Geen spoor meer van haar te bekennen waarbij de ellenlange maïsstengels ook niet helpen met het vergroten van mijn blikveld.

'Dana? Iemand? Waar moet ik nu heen?' Het blijft stil. Ik voel een lichte paniek uitbreken.

'Waar moet ik nu heen? Is daar iemand? Dokter Wijnberg?' en alsof ik het sleutelwoord had geraden, begint de hele wereld te trillen en zie ik de blauwe lucht langzaam oplossen. Door de lucht heen zie ik de kamer waar de echte ik ligt.

'U riep om hulp, meneer Haverman?' De blauwe lucht lost vlekkerig op om daar dokter Wijnberg achter het raam te onthullen.

'Ja, ik weet niet wat ik nu moet doen of waar ik naar op zoek ben. Kunt u mij alstublieft hier uit halen?' Hij schudt driftig zijn hoofd.

'Ik ben bang dat het niet zal gaan. U moet er uit eigen beweging uitkomen, anders is het overlevingspercentage zelfs 0 van de 10.' Mijn hart klopt hoog in mijn keel.

'Wat betekent dat? Zit ik hier vast?'

'Niet als u de oplossing van uw zogeheten 'kink' kunt vinden, meneer Haverman. Maakt u zich geen zorgen, het brein heeft altijd een haast magische manier waardoor het zelf de oplossing presenteert. Ik ben ervan overtuigd dat hetzelfde voor u zal gebeuren.'

'Kunt u dan niets voor mij doen?' Nadat hij verontschuldigend zijn schouders ophaalt trekt de blauwe lucht weer dicht, vermoedelijk door zijn eigen toedoen. Ik zit hier vast.

'Ik zal je niet alleen laten.' Haar stem klinkt achter mij. Een glimlach verschijnt op mijn gezicht.

'Laten we gewoon deze kant uit lopen,' en ze wijst naar een willekeurige richting.

'Waarom zit mijn hoofd overvol met maïsstengels?' We lopen al een tijdje door het veld dat oneindig door lijkt te gaan. Dana trekt haar schouders op en lijkt net zo nieuw te zijn in deze wereld als ik.

'Mis je mij in de echte wereld?' vraagt ze.

'Ik weet het niet,' antwoord ik. Ontevreden met het antwoord doet ze twee stappen extra voor mij uit en blijft die afstand vasthouden.

Het is een vreemde gedachte om door mijn hoofd te lopen terwijl ik zelf ook nog kan nadenken. Terwijl ik hier nog even verder over peins en over hoe dit mogelijk is, voel ik een korte flits van pijn door mijn hoofd schieten. Zijn het dit soort paradoxen waar die 2 van de 10 aan overlijden?

Terwijl ik in gedachten was verzonken, is de afstand tussen mij en Dana groter geworden. Waar ze nu is kan ik niet meer zien.

'Max, volgens mij is dit het.' Haar stem komt van een hele andere kant dan de richting waar we heen lopen. Ik loop naar de plek waar ik denk dat haar stem vandaan komt. Langzaam zie ik tussen de stengels haar bloemetjesjurk verschijnen. Ze staat stil en ik zie waarom. Ik ga naast haar staan.

'Ik ga hier niet naar binnen,' zeg ik. Dit is namelijk de enige plek op aarde waar ik niet wil zijn. Voor mij staat, in een klein open veldje tussen de maïsstengels, mijn ouderlijk huis vol onkruid en opgeslokt door de natuur eromheen. De stenen gevel brokkelt aan alle kanten af en het puin op de grond eromheen bevestigt dat. Alles is vervallen. Alles, behalve de kersenhouten deur met het glas-in-lood raampje erin. De lak ziet er nog onbeschadigd uit en glimt nog als een zojuist gelakte deur. Dit is het huis dat ik haat.

'En wie is dat?' Dana wijst naar de man in het grijze uniform met het baseball petje die ik herken.

'Dat is de man van de gasflessen. Hij kwam altijd één keer per week,' en precies zoals hij altijd deed, legt hij een kratje met twee nieuwe gasflessen naast de deur. Bij het weglopen ziet hij mij.

'Morgen, meneer Haverman.' Ik knik naar hem.

'Zo noemde hij mij al toen ik acht was.'

Hij vertrekt door het maïsveld.

'Wij moesten altijd nog gasflessen gebruiken voor ons gasfornuis, omdat we zo ver van de stad woonden.'

'Betekent het iets dat hij hier is, denk je?' vraagt Dana.

'Weet ik niet,' antwoord ik.

'Ik denk dat je hier naar binnen moet, Max.'

'Geen denken aan. Ik hoef geen nachtmerrie te beleven.'

'Is het daar zo erg?'

'Voor mij wel.' Ik blijf stokstijf op mijn plaats staan. 'Ik ga nergens heen.'

Op dat moment voel ik de grond onder mij beven. In de verte hoor ik zware en lage tonen opkomen. Het klinkt als tientallen hoeven.

'Max, we moeten daar naar binnen.' Ze kijkt angstig om zich heen. De maïsstengels zwaaien zachtjes heen en weer terwijl de aarde steeds heftiger beeft.

'Max, hoor je mij? We kunnen hier niet blijven!'

'Ik wil iedere kant oprennen, maar ik ga niet door die deur.'

Ze kijkt mij ongelovig aan en ik kijk om mij heen en moest zelf bekennen dat ik geen idee had waar de kudde vandaan zal komen. Alle maïsstengels wiegen nog sneller heen en weer en de hoeven lijken nu overal vandaan te komen. Dana rent naar de deur en duwt hem open.

'Schiet op!' Het geluid en de beving van de grond is ondertussen ondraaglijk geworden.

'Max!' Het horen van mijn naam brengt mijn lichaam automatisch in beweging. Ik ren op de deur af en spring naar binnen. Zo snel ze kan, slaat Dana de deur dicht en zien we nog net hoe een aantal buffels tegen de deur opbotsen maar er, wonder boven wonder, niet doorheen komen. Alsof ze tegen een betonnen muur rammen vallen ze naar achteren om daardoor hun achtervolgers te doen struikelen.

'Hier heb jij gewoond?' Ze kijkt om zich heen en ziet, net als ik, een huis in karige en vervallen staat. Ik had er nooit zo goed voor gezorgd toen ik er alleen woonde. Het behang aan de muren heeft op vele plekken al losgelaten en de ramen zijn zo vies dat er weinig zonlicht doorkomt. Het is grauw en het is grijs, exact zoals ik het mij herinner.

'Tot mijn zestiende,' antwoord ik.

'Moest je toen al het huis uit van je ouders?' De lampekap hangt scheef.

'Mijn ouders waren al veel eerder vertrokken dan ik.' Ik hang hem recht.

Ze lijkt geschokt door deze informatie. Ze volgt mij de woonkamer in die, tot mijn verbazing, volledig leeg is. Dat klopt niet.

'Waarom waren je ouders vertrokken?'

'Weet ik niet meer.'

'Hoe kan je dat niet meer weten?' vraagt ze ontzet.

'Ik was acht. Ik ben wel meer dingen vergeten van die tijd.'

'Misschien als jij je best doet om het te herinneren komt het weer terug.'

'Ik weet het niet,' antwoord ik. Ze zucht.

'Hier werd ik altijd zo moe van. Dat je niets wist, zoals je zelf altijd zei.'

'Ik weet ook niets.'

'Je bent koppig.'

'Ik vind van niet,' antwoord ik. Blijkbaar zorgt mijn antwoord er voor dat ze kookt van binnen. Aangezien hier niets te vinden is loop ik naar boven. De trap kraakt bij iedere stap, ik herken de melodie. De themamuziek van de eerste verdieping, zo noemde ik het. Als ik naar beneden loop is de melodie precies omgedraaid.

Ik kijk om mij heen op zoek naar aanwijzingen in de treurige gang maar ik vind niets.

'Alle kamers zijn leeg,' hoor ik Dana roepen van beneden.

'Dat klopt niet,' antwoord ik. De melodie van de eerste verdieping is hoorbaar. Het is Dana. Ik duw mijn kamerdeur open en zie dat deze kamer net zo leeg is als de rest, behalve één boek dat op de grond ligt. Met zijn vierkante formaat herken ik het meteen en kan dan ook mijn glimlach niet meer onderdrukken. Ik pak het op.

'Wat is dat?'

'Het is "Iedereen Poept." Ik las dat vroeger bijna iedere dag.' Dana giechelt zachtjes.

'Het was het eerste en enige boek dat ik ooit van mijn ouders had gekregen. Daarna moest ik ze stelen uit de bibliotheek.' Haar gezicht vertrekt.

'Stal jij boeken?'

'Ik mocht geen pasje aanvragen zonder voogd.'

'Dat heb je mij nooit verteld.'

'Ik heb je wel meer niet verteld.'

'Nee, dat weet ik maar al te goed,' sneert ze. Ik besluit er niet op te reageren.

'Waarom ligt alleen dit boek hier?' Blijkbaar vraag ik het hardop.

'Misschien is het een aanwijzing!' antwoordt zij.

'Misschien,' herhaal ik. De kaft is nog prachtig met een glimmend laagje plastic erover, ik zorgde dan ook goed voor dit boek. Er is nog iets dat ik net zo goed bewaarde maar dat ding was stuk. Maar wat was het ook alweer?

'Max, weet je nog die eerste keer dat er iets op mij afvloog?' Onderbroken uit mijn concentratie zucht ik en kijk haar aan.

'Een magnetron.'

'Precies. Dat was de eerste keer dat het gebeurde. Ook in het algemeen, toch?'

'Ja, voor zover ik weet wel.'

'Het gebeurde toen ik je voor het eerst wilde zoenen,' zegt ze zachtjes.

'Toen konden we er naderhand nog om lachen.'

'Ik was stiekem doodsbang.'

'Dat heb je mij later bekend,' zeg ik met een klein glimlachje op mijn mond. Ik kijk naar Dana maar zij kijkt serieuzer dan ik haar ooit had zien kijken.

'Waarom vertel je mij nooit iets?'

'Zoals wat?'

'Gewoon. Hoe jij je voelt, wat je denkt, iets over je jeugd.'

'Mijn jeugd is wat je nu ziet. Mijn jeugd was alleen maar in dit huis zitten en boeken lezen die ik had gestolen. Meer dan dat had ik je er niet over kunnen vertellen. De man van de gasflessen was de enige mens die wist dat ik bestond en de enige reden dat ik mijn eigen naam nog onthield. Ik weet niet zo goed wat je van mij wilt weten, Dana.'

Gekwetst kijkt ze mij aan en loopt weg.

'Dana, loop alsjeblieft niet weg!' Maar het is al te laat. Ik hoor de themamuziek van de begane grond. Ik volg haar zo snel ik kan maar ze is in rook opgegaan, wat hier blijkbaar de normaalste zaak van de wereld is in mijn hoofd.

Er zijn al vele uren voorbijgegaan voor mijn gevoel. Ik zit nog steeds in mijn lege kamer en ben niet van plan weg te gaan. Ik voel mij als een muis in dit spelletje waarbij deze wereld de kat is en ik ben niet meer van plan om weer op het kaaslokkertje af te rennen.

Ik sukkel langzaam weg door alle energie dat dit bizarre avontuur van mij vergt en voel mijn hoofd zwaarder worden en mijn oogleden langzaam dichtzakken. Tot ik een schim voorbij zie flitsen door de gang. Ik hoor wederom de melodie van de begane grond waarbij iedere kraak dwars door mijn hart schiet van angst. Wie was dat? Wat doet diegene in mijn huis?

Met 'Iedereen Poept' als wapen in mijn hand loop ik langzaam de gang op en de trap af, waarbij mijn trage stappen de melodie extra langzaam hoorbaar maken in het hele huis.

'Wie is daar?' roep ik. Geen antwoord. Ik sluip door de gang op de begane grond en kijk voorzichtig de woonkamer in om deze vervolgens net zo leeg aan te treffen als eerst.

'Is daar iemand?' probeer ik nogmaals.

'De keuken,' fluistert een mannenstem terug. Ik voel een ijzige rilling door mijn ruggengraat schieten. De stem komt mij bekend voor. Met boek in de aanslag volg ik de instructies op van de stem. Voorzichtig kijk ik om de hoek de keuken in. Een vieze gouden gloed van licht komt door de gele rolgordijnen naar binnen, maar het is niet veel. Eenmaal aangepast aan de donkerte zie ik de keuken waar ik zo lang niet in durfde te lopen. In dit kale vertrek zie ik mijn vader staan.

Er ontstaat een gigantische brok in mijn keel en als bevroren sta ik in de deuropening van het vertrek en zie hoe de gedaante van mijn vader mij aankijkt.

'Hier was het gebeurd, vriendje.' Hij zegt het met veel liefde en ernst. Het boek dat ik als wapen scherp heb staan zakt langzaam naar beneden.

'Weet je het nog?' vraagt hij.

'Nee, ik weet het niet meer. Wie ben jij?'

'Ik ben je vader, natuurlijk.'

'Lieg niet, dit zit allemaal in mijn hoofd, dus je bent het niet echt! En wat voor een ziek spelletje wordt hier met mij gespeeld? Ben jij dat dokter Wijnberg? Is dit gewoon een gemanipuleerde droom waarin jullie alsnog gewoon lekker de psycholoog kunnen spelen? Laat mij hieruit!'

'Ik ben bang dat je dit toch echt allemaal jezelf aandoet, vriendje.'

'Noem mij niet zo!' Met trillende hand wijs ik naar hem.

'Weet je nog wat hier met mama is gebeurd, vriendje?'

'Noem mij alsjeblieft niet zo!'

'Je hield van twee dingen, weet je nog? Van dat boek en van...?'

'Stop hiermee!'

'En van?'

'Ik weet het niet meer!'

'Het ligt hier achter mij op de grond. Je zult het zeker herkennen, vriendje.' Met een zachtaardige glimlach verdwijnt hij. Ben ik nou mijn verstand aan het verliezen? Het lijkt alsof ik in een heel ander persoon zijn verhaal aan het beleven ben. Mijn hoofd begint pijn te doen met flitsende hoofdpijnen. Pas nadat de pijnscheuten wegebben zie ik wat er op de grond midden in de keuken ligt.

Daar ligt een actiefiguurtje in tweeën. Ik was hem volledig vergeten. Ik was dol op hem met zijn stoere legerpakje en zijn drie spraakfuncties. Hoe kan ik hem nou zijn vergeten? Ik wil niets liever dan hem oppakken en samen met mijn boek meenemen maar ik kan geen stap zetten.

'Mag ik hem nu alsjeblieft pakken? Ik wil mijn poppetje!'

'Ik weet dat je dat wil.' Mijn vader staat nu in de hoek van de keuken en kijkt mij aan.

'Geef hem alsjeblieft aan mij, dat is wel het minste wat je kan doen!'

'Is dat zo, vriendje?'

'Waarom verlieten jullie mij, pap? Ik was pas acht. Jullie lieten mij alleen in dit enge huis en ik was pas acht. Ik had niets om mij aan vast te houden, pap, en ik was pas acht!'

Tranen lopen over mijn wangen en met rode ogen kijk ik naar mijn vader. Hij staart mij strak aan.

'Max, je weet nog best wat hier gebeurd is. Probeer het je te herinneren.'

'Ik weet het echt niet.'

'Vertel me eens, vriendje. Waarom laat je dat knappe meisje niet toe? Waarom vertel je haar hier niets over? Waarom vertel je haar niet de waarheid?'

'Heb je die satelliet net niet gezien? Je bent toch een gedeelte van mijn hoofd? Dan weet je dat antwoord toch al?'

'Er zit niets anders op, vriendje. Je moet het maar eens zien.' Hij staat op en verdwijnt door de muur. Mijn hele lichaam trilt en mijn spieren staan strak van de adrenaline.

Voor mijn neus zie ik de kale vervallen keuken transformeren naar de warme keuken die ik mij nog herinner van hoe de keuken er uitzag toen ik acht was. De gele rolgordijnen rollen op en laten zonlicht toe. Ik zie de eettafel staan met de stoelen eromheen, de koelkast en de goed gevulde provisiekast met alle eigen geoogste maïs. En bij de stukke actiepop... zie ik mijn achtjarige ik zitten. En daar staat mijn moeder naast het gasfornuis om de gasflessen te verwisselen. Ze is beeldschoon en ze lijkt gelukkig.

'Mam?' zeg ik zachtjes maar ze reageert niet. Kan ze mij wel horen? Het word mij in ieder geval niet makkelijk gemaakt door mijn achtjarige zelf.

Achtjarige ik krijste alsof de wereld vergaat. Achtjarige ik keek toe naar mijn kapotte actiepoppetje. Hij was stuk want ik had er te wild mee gespeeld. Hij moest weer gemaakt worden anders kon ik de wereld niet van de ondergang redden. Mama moest hem voor mij maken. Ik liet de pop aan haar zien met snotterige neus en huiloogjes.

'Ik ben even bezig, liefje,' zei ze. Ze zette de oude gasfles op de grond en tilde de nieuwe op het aanrecht. Maar ik wilde dat ze mijn poppetje ging maken. Ik vroeg het nog een keer.

'Wacht even, liefje. Dat komt later wel.'

Ze luisterde maar niet. Waarom wilde ze mijn poppetje niet maken? Mama's luisteren toch altijd? Waarom luisterde ze niet? Ik huilde zo hard ik kon en krijste zo hoog ik kon. Maar ze deed nog steeds niets. Waarom deed ze nou niets? Ik voelde dat ik mama minder aardig begon te vinden. Ik werd zelfs een beetje boos op haar. Welke mama luisterde nou niet naar haar kind als het echt nodig was? Waarom wilde ze mijn poppetje niet gewoon maken?

'Als je zo doorgaat maak ik hem helemaal niet, vriendje.'

Ik wilde mama pijn doen omdat ze zo stom deed. De volle gasflessen kon ik nooit tillen maar de lege wel.

Ik kijk toe hoe achtjarige ik de gasfles hard tegen mijn moeder haar scheenbenen gooit. Ze schreeuwt het uit. Ik kan er niet meer tegen en ik, en ook achtjarige ik, schreeuwen mee.

'Ik wil hier mee stoppen, alsjeblieft! Stop dit, alsjeblieft! Ik wil niet meer!' Mijn spieren trillen en schokken als nooit te voren. Tranen vloeien uit mijn ogen. 'Ik wil hier nu weg! Laat mij wakker worden, alsjeblieft!'

Alsof het huis mijn pijn voelt, begint het met mijn lichaam mee trillen. Kleine scheurtjes worden zichtbaar en stukken steen brokkelen om mij heen, naar beneden. Ik hoor mijn moeder nog steeds schreeuwen van de pijn en ik kan mijn eigen snikken niet meer beheersen. Mijn achtjarige ik lost op in het niets, maar zijn schreeuw blijft door mijn hoofd spoken.

'Ik wil niet meer! Ik wil niet meer!' De gehele eerste verdieping brokkelt af en valt naast het huis op de grond gepaard met veel verwoesting en herrie. Tussen alle brekende muren zie ik Dana op mij af rennen.

'Max, je moet kalmeren. Het is oké.'

'Het is mijn schuld, Dana. Het is allemaal mijn schuld. Ik doe mijzelf dit aan!' Mijn tanden knarsen op elkaar terwijl ik alle pijnscheuten door mijn spieren probeer te verdragen.

'Alles komt goed, Max. Maar je moet proberen rustig te blijven!'

Haar woorden helpen niet. Ik trek het hele huis stuk aan alle kanten en zie stukken blauwe lucht verschijnen tussen het plafond. Tussen het schreeuwen van mijn moeder, de trillingen van de aarde en mijn eigen gesnik hoor ik een alarmtoeter afgaan. De eerst zo strakblauwe lucht boven mij lijkt nu net zo instabiel geworden als het huis.

'Meneer Haverman! U moet nu wakker worden, hoort u mij? Alstublieft wordt u wakker!' hoor ik dokter Wijnberg schreeuwen boven de toeter uit. Ik hoor alles maar niets komt echt binnen.

'Ik doe iedereen om mij heen pijn! Iedereen om mij heen raakt gewond! Het is onvermijdelijk!' Dana houdt mij stevig vast.

'Dat gebeurt niet, Max! Echt niet!'

'Ik wil jou geen pijn doen, Dana. Ik hou teveel van jou om je pijn te willen doen!'

'Dat gebeurt niet, lief! Als je deze wereld niet laat instorten komt het goed!'

Maar de wereld brokkelt al langzaam om ons heen af. Links en rechts zie ik de maïsvelden afbrokkelen met de afgrond dat op onze richting afkomt. Mijn lichaam staat strak van de pijn en van de elektriciteit. Het huis staat op zijn laatste grondvesten. De schreeuw van mijn moeder, mijn eigen gekrijs, de alarmtoeter en de afbrokkelende aarde. Alles klinkt door elkaar.

'Dana, ik hou van jou!' schreeuw ik met veel moeite.

'Dat weet ik toch, daarom ben je ook hier!' Ze glimlacht en houdt mij stevig vast. Ik doe mijn best om de wereld vast te houden. Het valt stil en ik zie zwart voor mijn ogen. Ik hoor alleen nog maar een hoge piep.

Langzaam doe ik mijn ogen weer open. Om mij heen ligt mijn ouderlijk huis aan duigen en daaromheen is alleen nog maar een gigantische afgrond te bekennen. Dana kan ik niet meer vinden. Ik laat mezelf op handen en knieën vallen en probeer op adem te komen. Ik zie mijn moeder liggen. Tussen alle brokken steen ligt ze op dezelfde plek in de keuken waar ik haar toen met de gasfles had toegetakeld. Met een kreun trekt ze haarzelf langzaam op en kijkt naar haar verbrijzelde benen. Even is het compleet stil.

'Het spijt me zo, mam.' Mijn mond trilt.

'Dat weet ik, liefje. Het spijt mij ook dat we je toen aan je lot overlieten.'

'Ik weet niet of dit wel is wat je echt zou zeggen.'

'Hooguit wat je hoopt dat ik zou zeggen,' vult ze aan.

'Ja, inderdaad. Ik ga jullie vinden in de echte wereld, mam. Ik wil jullie zeggen hoeveel het me spijt en hoeveel pijn ik er door heb beleefd. Ik wil dat het jullie ook spijt en ik wil er over praten.'

'Ik denk ik ook, liefje.' Ze glimlacht naar mij. 'Je weet dat je ook nog met Dana moet praten, hè?'

'Ik wil haar geen pijn meer doen. Hoe weet ik nou zeker dat er niet nog meer projectielen op mij af zullen vliegen?'

'Dat weet je niet. Maar dat je daar bang voor bent mag zij ook best weten. Dat mag jij haar ook best vertellen.' Dit is de meest zachtaardige blik die ik van haar ken.

'Ik wil haar niet toelaten omdat ik bang ben dat ze dan gewond raakt.'

'Denk je niet dat misschien wel het omgekeerde waar is?'

'Misschien wel,' antwoord ik.

'Onthoud, liefje. Iedereen poept. Iedereen,' zegt ze met een grote glimlach. Ook bij mij ontstaat een kleine lach.

'Het is tijd om wakker te worden en om er voor te gaan, Max. Dit was pas het begin. Ben je er klaar voor?' Ik knik. Ik voel mijzelf lichter worden en mijn oogleden zwaarder worden.

Ik word wakker in de stoel waarop ik in slaap was gevallen maar alles daaromheen in de kamer is compleet verwoest. Met een glimlach – en wat geluk dat mijn rechterpols los is geraakt – maak ik mijzelf los van de stoel en loop weg.

2

Het afscheid van Meneer Beer

Het licht van de ochtendzon schijnt die zaterdag al een tijdje door de spleet tussen de gordijnen van Suzes kamer wanneer haar ouders langzaam naar haar bedje sluipen. Zachtjes beginnen ze een verjaardagsliedje voor haar te zingen. Suze is vandaag vijf jaar geworden. Het meisje met lichtbruine haren en ogen in bijna dezelfde kleur wordt met een glimlach wakker. Haar ouders feliciteren haar, noemen haar 'engeltje' en geven haar een cadeau. Het is een Barbie. Het meisje kijkt naar haar nieuwe pop en abrupt verdwijnt haar glimlach.

'Dan kan je eindelijk die vieze oude beer weggooien!' zegt de vader vol blijdschap. Het meisje kijkt naar haar beer die in de hoek van de kamer op de grond zit.

'Ik weet nog dat ik mijn eerst Barbie kreeg,' vertelt haar moeder vrolijk, 'lekker met al mijn vriendinnen spelen. Och, wat voelden wij ons volwassen!'

Haar vader kijkt hoe zijn vrouw straalt bij de herinnering. Haar ouders zoenen haar nog een keer op haar voorhoofd en verlaten de kamer.

'Dan kan je even lekker met je nieuwe pop spelen,' zegt haar vader, 'maar kom wel zo je bedje uit want al je vriendinnetjes zijn er al.'

Wanneer de deur dicht is kijkt Suze naar de stomme Barbie met haar stomme blonde haren en die stomme plastic glimlach. Ze kijkt naar buiten en ziet daar een paar meisjes in de, met verjaardagsslingers versierde achtertuin spelen. Ze hebben allemaal hun Barbie in de hand en spelen daar met veel plezier mee. Ze kijkt nog eens naar haar levensgrote beer die verderop in de hoek zit, zijn hoofd naar beneden gezakt. Het meisje gooit de stomme Barbie op haar bed, rent naar haar beer en gaat naast hem zitten.

'Goeiemorgen, Meneer Beer!' zegt ze tegen de gigantische beer.

'Gefeliciteerd, Suze,' antwoordt hij. Hij tilt zijn hoofd op en kijkt haar aan.

'Kom we gaan spelen!' zegt ze enthousiast terwijl ze naar de andere kant van de kamer rent om de gewoonlijke spulletjes te pakken om bijvoorbeeld theekransje, vadertje en moedertje, supermarktje of ieder ander spelletje mee te spelen.

Meneer Beer staat rustig op.

'Suze...,' zegt hij met zijn zware rustige stem terwijl Suze driftig in de kist blijft graaien.

'We kunnen ook met cowboyhoeden en revolvers spelen! Die heb ik bij Mark gevonden!'

Ze begint van alles uit haar speelgoedkist te trekken.

'Suze...'

'Of gewoon weer theekransje, dat is ook leuk!'

'Suze!'

'We hebben dit keer Mevrouw Pinguïn op bezoek, oké?'

'Suze, ik moet weg. Dat weet je.'

Suze stopt met de voorbereidingen. Ze draait zich om naar Meneer Beer die als bevroren in de hoek staat. Ze begint langzaam te huilen. Meneer Beer loopt rustig naar haar toe en knielt naast haar neer. Hij knuffelt haar. Ze slaat hem op zijn hoofd.

'Nee! Nee, je mag niet weg!'

Terwijl Meneer Beer nog over zijn hoofd wrijft van de pijn gaat Suze voor de deur staan zodat hij niet weg kan. Meneer Beer staat op en kijkt naar haar.

'Ik vind het ook niet leuk. Maar je ouders hebben het vuurtje al gemaakt. Het is goed, Suze. Ik vind het niet erg. Echt waar...'

'Ik wel! Het is een stomme traditie! Ik wil geen Barbie!'

Meneer Beer loopt naar de deur en tilt het meisje met gemak op. Hij plaatst haar weer op de grond in het midden van de kamer en loopt naar de deur. Hij kan nu vertrekken maar doet dit niet. Hij draait zich weer om naar Suze. Ze staat met tranen in haar ogen.

'Ga niet weg. Ik wil nog steeds met je spelen. Ik kan toch geen theekransje doen zonder jou?' zegt ze met bibberende stem.

'Maar Suze, als we dit niet doen zullen alle meisjes van de buurt je raar vinden.'

De deur wordt opengegooid waardoor Meneer Beer een pijnlijke duik tegen de kast maakt om vervolgens hard tegen de grond te vallen.

'Het vuurtje is al gestookt, schatje! Dus breng dat smerige ding maar naar beneden!' zegt haar moeder liefdevol vanuit de deuropening.

Ze doet de deur weer dicht. Meneer Beer komt moeizaam weer te been en inspecteert of zijn ledematen allemaal nog goed op hun plek zitten.

'Je hoort het, Suze. Laten we gaan,' zegt hij terwijl hij opstaat en zich naar de deur begeeft.

'Ik ga alvast naar beneden.'

Meneer Beer doet de deur open en loopt naar de trap.

'Meneer Beer...' komt er zachtjes bij Suze uit. Ze wil hem tegenhouden maar haar voeten willen niet bewegen. Ook Meneer Beer heeft moeite met doorzetten. Hij kijkt haar aan en zwaait. Met een hoop kabaal en gestommel laat Meneer Beer zichzelf van de trap vallen. Dan stopt het geluid abrupt.

Suze wilt dit allemaal niet, maar bewegen kan ze nog steeds niet. Er loopt een traan over haar wang naar beneden.

'Vergeet hem lekker. Wij gaan het zo leuk hebben samen.'

Suze kijkt waar de warme vrouwenstem vandaan komt. Ze ziet haar Barbie op het bed liggen.

'Vanaf nu ben je een echte meid,' zegt de plastic pop. Suze kijkt boos naar de Barbie.

'Luister, schatje. Zonder mij red je het niet, geloof me,' gaat de blonde pop vrolijk verder.

Suze pakt de Barbie op.

'Auw, niet zo hard!'

Suze holt richting het trapgat en ziet dat Meneer Beer al weg is. Ze rent naar beneden.

Suze doet de glazen deur van de woonkamer naar de tuin open. Ze schrikt. Haar ouders hebben Meneer Beer bij armen en benen vast en slingeren hem heen en weer boven een, door haar vader zelfgemaakt, vuurtje.

'Branden! Branden!' roepen alle andere meiden vrolijk met hun Barbies in de hand. Ook de ouders hebben er zichtbaar veel plezier in.

'Stop!' roept Suze met al haar kracht. De ouders gaan onverstoord verder.

'STOP!' roept Suze nog een keer maar alsnog gaan haar ouders door en gooien vervolgens Meneer Beer met een boogje op het vuur.

Meneer Beer raakt binnen een fractie van een seconde het vuur, maar in het hoofd van Suze lijkt de val uren te duren. Uren waar ze niets tegen kan doen omdat ze zich alweer niet kan bewegen. Meneer Beer ligt roerloos in het vuur. De knoop die als linkeroog vastgenaaid zit op Meneer Beer z'n gezicht, laat los. Suze ontwaakt eindelijk uit haar bevroren toestand en rent op het vuurtje af. Ze pakt de linkerarm van Meneer Beer en probeert hem er uit te trekken.

'Schatje, wat doe je?!' roept haar vader geschrokken.

Adrenaline en liefde voor de knuffelbeer vullen Suze met genoeg kracht om hem eruit te trekken. Gelukkig is het brandvertragende stof waarvan Meneer Beer gemaakt is, en hoeft Suze maar twee vlammen op zijn rug uit te slaan.

De ouders, de andere meisjes en hun Barbies kijken allemaal verbaasd naar Suze en Meneer Beer.

'Dank je, Suze,' zegt hij.

Suze glimlacht naar hem. Ze draait zich om naar de verbaasde groep.

'Ik wil Meneer Beer niet verbranden. Ik hou van hem. En ik wil geen Barbie. Sorry mam, sorry pap...'

De ouders lopen naar hun dochter toe.

'Liefje toch, als je dat niet wilt dan doen we dat toch gewoon niet,' zegt haar moeder. 'We hadden het moeten zien,' vult haar vader aan. 'Sorry, Meneer Beer,' zegt hij tegen de knuffel, die overeind is gaan zitten.

'Geen probleem. Ik snap dat dit een geaccepteerde traditie is.'

'Je bent ook wel een slimme beer, hè!' zegt de vader met een glimlach.

'Wil je jouw verjaardag nog wel vieren, liefje?' vraagt haar moeder.

Suze kijkt naar de andere meisjes met hun Barbies. Die lopen weg van het feest, niet gelovend dat een vijfjarig meisje nog met haar beer wil spelen in plaats van met een Barbie. Suze vindt het eigenlijk wel fijn dat ze vertrekken.

'Ja, heel graag!' zegt ze met een glimlach naar haar ouders, 'en ik weet ook precies hoe!'

De Barbie wordt op het vuur gegooid en smelt langzaam weg tussen het hout. Er klinkt nog zachtjes een gil uit de plastic pop, terwijl het gezicht wegsmelt. Suze, Meneer Beer en haar ouders houden samen een echte theekrans, met een mooie verjaardagstaart met vijf kaarsjes erop.

'Bedenk maar een wens, Suze!' zegt haar moeder. Suze denkt even na en kijkt dan haar moeder aan.

'Heb je er één bedacht?'

Suze houdt haar kaken stijf en knikt ja.

'Blaas ze dan maar uit!'

Suze kijkt naar Meneer Beer en dan naar haar taart en blaast de kaarsjes uit.

3
De grafsteen

'Het regent,' zegt mijn moeder die bij het raam zit. Ik kijk naar buiten en zie de zon schijnen aan de strakblauwe hemel. 'Het is prachtig weer, mam.' Ze blijft naar buiten staren. Ze heeft me wel gehoord. Dat weet ik zeker. 'Wat een verschrikkelijk weer,' mompelt ze in zichzelf. Ze zit als bevroren in papa's stoel. 'Het is altijd zo. Dan heb je een belangrijke dag. Wil je naar buiten, regent het. Altijd zo. Maar we gaan wel.'

Ik zucht. Ik heb moeite met de energie opbrengen om vandaag met haar om te gaan. In ieder geval gaat de grafsteen vandaag geplaatst worden.

Mijn moeder blijft zachtjes vloeken op het slechte weer dat zij denkt te zien. Zittend in papa's stoel lijkt ze het afgelopen jaar wel twintig jaar ouder geworden. Vreemd genoeg valt dat in de winter minder op, maar des te meer zodra het voorjaar plaats maakt voor de zomer.

Ik knoop mijn colbert weer dicht. De knopen ervan schieten steeds los. Het is een paar maten te klein. Papa was kleiner en ik stak al een aantal jaren hoog boven hem uit. Hij moest daar soms om lachen, toen hij nog kon lachen. De knopen schieten weer los. Ik draag dit ding ook bijna nooit.

'Haal je broertje naar binnen. Anders wordt hij nog ziek en dat kunnen we vandaag niet gebruiken,' zegt mijn moeder terwijl ze naar buiten blijft staren. De zon schijnt zelfs in haar gezicht en alsnog blijft ze ervan overtuigd dat het regent. Deze gedachten begonnen jaren geleden. Eerst begon het met hier en daar een vreemde opmerking, maar langzaam aan werd het steeds gekker.

Sinds vorig jaar is ze officieel ziek verklaard en mag ze het huis niet verlaten zonder begeleiding. Ze kijkt weg van het raam en kijkt me aan.

'En ga niet zo naar buiten. Dan wordt je colbertje kletsnat!'

Ik loop naar de tuin. Niet alleen omdat ik mijn broertje mee wil hebben, maar ook omdat ik dit gesprek niet meer wil voeren.

In de tuin zie ik mijn jongere broertje vlinders vangen. De activiteit zelf klinkt als iets kinderlijks en verwijfd, maar mijn broertje maakt er een echte mannensport van. Zo bevroren en geconcentreerd als hij staat, klaar om aan te vallen, is stoer op zijn eigen manier. Er zijn maar weinig hobby's die hem genoeg interesseren om lang vol te houden. Hij is hier toentertijd mee begonnen dankzij papa. Ik weet niet of hij dit nog doet omdat hij het écht leuk vindt of omdat hij daarmee papa een beetje in leven wil houden. Zijn ogen zijn gefocust op een gele vlinder die net voor hem op het perfect bijgehouden gras landt. Ook ik houd mijn adem in terwijl ik gespannen toekijk. Mijn broertje sluipt langzaam naar zijn prooi die nietsvermoedend op het gras zit. Zo af en toe bewegen zijn vleugeltjes rustig heen en weer. Mijn broertje strekt langzaam zijn armen voor zich uit en vormt met zijn handen een soort kom. Ik vermoed dat het vlindertje niets doorheeft. Mijn broertje weet dat namelijk tegenwoordig erg goed in te schatten. Hij is al rustig op zijn knieën gaan zitten en is nu erg dicht bij het beestje. Het is doodstil. Dan slaat zijn langzame aanpak om en binnen een fractie van een seconde heeft hij zijn handen om de vlinder tegen de grond vastgedrukt. Hij sluit het beestje op in zijn handen en staat genoegzaam op. Ik glimlach naar hem.

'Hoe lang doe je dit nou al?' vraag ik hem. Hij loopt met het vlindertje gevangen in zijn handen naar het houten hok in de hoek van de tuin waar nog meer soortgenoten fladderen. 'Geen idee. Drie jaar, of zo?'

'Ik snap niet hoe je dit nog steeds leuk kan vinden.'

'Ach ja. Het houdt me bezig.' Hij gebaart me om hem te helpen het hok open te doen omdat hij zijn handen vol heeft. Ik loop naar het hok toe en doe het deurtje met het fijne gaas ervoor open.

'Ga je zo mee om de grafsteen te plaatsen?' vraag ik hem.

'Bedoel je "zo" als in straks of "zo" als in zo gekleed?' Hij draagt een simpel shirtje op een vieze spijkerbroek.

'Beiden.'

Mijn broertje kijkt naar het hok dat tegenwoordig minder vlinders bevat dan vroeger rond deze tijd van het jaar. Papa was echt heel erg goed in vlinders vangen.

'Mama gaat. Dus ik ga niet.'

Ik verwachtte dit al. 'Alsjeblieft ga mee. Anders komt die steen er nooit. We zijn het papa verschuldigd. En ook mama heeft je nu nodig.'

Hij sluit het deurtje van het hok. 'Niets ervan. Ze bekijkt het maar!'

Vroeger was hij lief tegen haar, maar sinds papa er niet meer is, is dat omgeslagen. Ik zie dat hij het moeilijk heeft. Hij mist papa ook nog heel erg. Ik omarm hem.

'Het is nooit makkelijk geweest. Dat weet ik. Waarschijnlijk zal het dat ook nooit worden, maar laten we nu sterk zijn. Vooral nu. Oké?'

Hij worstelt zich los uit de omhelzing.

'Nee. Door haar is hij er niet meer. Je hebt het toch zelf gezien?' Hij gaat op het houten bankje zitten waar de zon de hele dag op schijnt.

Hij heeft helaas gelijk. Papa is gestorven aan "doodsongeluk". Het proces zelf duurde een maand maar eigenlijk was het de laatste paar jaren al begonnen. Toen moeder haar waanbeelden kreeg. Hij hield heel veel van haar, maar zij begon hem steeds meer te haten. Ze wilde steeds meer met rust gelaten worden, omdat hij haar toch alleen maar uitschold in een onbekende taal. Het enige wat papa haar steeds probeerde te zeggen was dat hij van haar hield. Maar moeder zag alleen maar regen.

Ik ga naast mijn broertje zitten en blijf even stil.

'Ze is gestoord. En eerst was dat vervelend maar het heeft nu iets gekost. Iets wat mij veel waard is. Ik bedoel, iets wat mij veel waard was.'

'Het is nu niet het beste moment om alleen aan jezelf te denken. We hebben het allemaal zwaar. Laten we er samen zijn voor mama.'

'Niets ervan! Juist nu heb ik mezelf even nodig. Ik wil mezelf horen denken en niet moeten verkrampen vanwege haar!'

De achterdeur van het huis gaat open. Moeder staat in de deuropening.

'Jongens! Kom nou naar binnen! Ik wil niet dat jullie kletsnat worden op zo'n belangrijke dag! Ik heb het nou al honderd keer gezegd!' Ze sluit de deur en loopt weer naar de woonkamer. Mijn broer maakt een gebaar richting de deur om aan te geven dat dit exact is wat hij bedoelt. Hij loopt terug naar zijn vlinderhok en kijkt naar de fladderende insecten.

Ik volg hem. 'We komen niet veel verder als we alleen maar aan onszelf denken.'

Mijn broertje grinnikt. 'Zij doet toch niet anders? Met haar fantasiewereld. In dat wereldje is zij het enige wat telt.'

'Misschien heeft ze dat wereldje wel gemaakt omdat ze wil ontsnappen aan de enge dingen die in deze wereld vaak voorkomen.'

'Nou, dan heeft haar wereldje ervoor gezorgd dat papa nu geen wereldje meer heeft.' Hij keert zijn rug naar me toe. Ik word boos.

'Heb je er ook wel eens over nagedacht dat ik je misschien nodig heb? Dat ik er ook voor jou wil zijn. En dat het belangrijkste is dat wij er beiden voor haar zijn.'

Hij slaat tegen het vlinderhok, wat hij nog nooit eerder heeft gedaan. De vlinders schrikken en beginnen driftig heen en weer te fladderen.

'Zij kan niks meer voor ons betekenen door die zieke kop van haar! Het is onze moeder, voor wie wij als ouders moeten zorgen! Het is onze moeder, door wie papa alleen nog maar in de tuin te vinden was! Het is diezelfde vrouw, door wie papa in een maand tijd zijn kleur verloor en instortte!'

Ik weet niet wat ik moet zeggen. Ik weet dat hij gelijk heeft en dat het oneerlijk is. Ik kijk naar mijn broertje en zie dat hij achter mij langs naar de achterdeur kijkt. Ik draai mij om en zie onze moeder bij de deur staan. Ze heeft alles gehoord. Haar ogen lijken helder – iets dat niet vaak meer voorkomt - maar uit diezelfde ogen zie ik een traan komen. Ze loopt de woonkamer in. Ik kijk naar mijn broertje maar hij loopt boos terug naar zijn vlinderhok.

Ik loop snel de woonkamer in en zie moeder weer op papa's stoel zitten. Ik blijf op afstand staan in de deuropening. Ze staart naar buiten.

'Ik weet dat ik niet altijd de makkelijkste ben. Ik wou dat het niet zo was. Jullie zijn de laatste mensen aan wie ik deze moeilijkheden wil doorgeven.'

Haar wangen zijn nat van de tranen. Ze kijkt naar me en glimlacht kwetsbaar.

'Papa was daar altijd erg goed in, hè? Ouder zijn. Een betrouwbare ouder zijn.' Ze veegt haar wangen schoon.

Ik knik. Ze glimlacht. 'Ik mis hem ook. Ook al lijkt dat vaak niet zo.'

Ik kijk haar in haar waterige oogjes aan. 'Soms regent het en soms schijnt het.'

Het grapje kwam goed aan bij haar. Ze kijkt weer naar buiten. 'Nu kan dat niet meer. Ik heb het nooit gekund.'

Het blijft even stil tussen ons. Ik ben blij om mijn moeder weer eens helder te zien. Dan kunnen we weer praten als vroeger. Ze kijkt me aan.

'Hoe lang duurde het voor papa uit zijn lijden was verlost?' vraagt ze zachtjes. Het hele proces is langs haar heen gegaan. We hebben papa namelijk in die tijd van haar weggehouden, om het wat makkelijker voor beiden te maken. Hij gaf haar op de eerste dag van de diagnose een afscheidszoen, iets wat zij zich waarschijnlijk niet eens meer kan herinneren.

Ik ga op de stoel van de eettafel zitten. 'Nou, toen ze bij papa ontdekten dat hij "doodsongeluk" had, was hij al in een best ver stadium. Hij zat al in de laatste fase dus toen duurde het nog ongeveer een maandje.'

Ze knikt zachtjes voor haar uit. 'Hoe zag het eruit?'

'Zoals je ook wel eens heb gelezen in boeken en gezien in films. Hij begon steeds langzamer te bewegen. Zijn kleur vervaagde. Hij kon na twee weken niet meer praten. In zijn laatste week was hij helemaal zwart-wit en bewoog hij te langzaam om nog het bed uit te komen. Daar is hij langzaam weggezakt. Hij leek vredig, mama.'

Ze begint te huilen met een klein glimlachje op haar gezicht. 'Ik ben trots op jullie allebei. Sterke mannen.'

'Net als papa,' voeg ik er aan toe.

'Net als papa,' herhaalt ze.

Mijn broertje loopt langs mij de woonkamer in. Hij heeft ook een colbertje van papa aangetrokken. Bij hem zit het veel te ruim. Hij loopt naar moeder.

'Zullen we gaan?' vraagt hij terwijl hij haar de hand toereikt. Het is moeilijk aan zijn gezicht te zien wat hij denkt of voelt, maar ik weet dat dit gebaar uit een goede plek komt.

Mijn moeder ook.

'Graag,' antwoordt ze en pakt zijn hand.

We lopen samen naar buiten waar de oude Volkswagen van papa staat. Ik geef de autosleutels aan mijn broertje.

'Jij vond hem altijd mooier en jij kan beter rijden dan mij.'

'Dan ik,' zegt mijn moeder verbeterend.

Ik kijk haar aan en met een glimlach verontschuldigt ze zich. Ik ben blij dat ze zo helder is vandaag. Ik hoop dat het deze keer wat langer duurt dan een half uurtje.

Ik help haar in de passagiersstoel en ga zelf achterin zitten. Mijn broertje gaat achter het stuur zitten. We kijken alle drie naar het stuur en om de een of andere reden zie ik de harige handen van papa voor mij. Alsof het stuur niet compleet is zonder ze. Mijn broertje kijkt ook naar het stuur, maar durft zijn handen er niet op te plaatsen. Hij kijkt mama aan. Die lijkt zijn en mijn gedachten te kunnen lezen.

'Jouw handen zullen ooit ook zo harig worden,' zegt ze.

Mijn broer glimlacht naar haar. Hij start de auto en zet zijn handen aan het stuur.

'Wat hebben jullie eigenlijk op de grafsteen laten zetten?' vraagt mama zachtjes. Mijn broertje kijkt haar aan.

'Een goede man.'

Mama lijkt tevreden.

We rijden naar de begraafplaats.

4
De sitcom

Ik schreeuw zo hard als ik kan. 'Ik voel me verloren! Ik wil hier weg!' Ergens ver van mij vandaan wordt hier hard om gelachen door een publiek dat ik niet kan zien. Maar het is er. Dat weet ik zeker. Ik word gek hier in deze kamer. Hoe lang ik hier al vast zit weet ik niet, want een klok ontbreekt. Maar ik zit hier in ieder geval al heel lang.

Het is een kamer met donkergrijze muren en een koude betonnen vloer. In één van de hoeken staat een douche zonder douchegordijn. In het begin vond ik dat heel vervelend omdat het publiek altijd begint te fluiten en te roepen wanneer ik er gebruik van wil maken. Het soort geroep dat een negenjarig kind maakt, wanneer hij voor het eerst een jongen en een meisje ziet zoenen. In de andere hoek staat een kookplaat en strak tegen de muur een koelkast met vriezer, die om de zoveel tijd wordt bijgevuld vanaf de achterkant. Wat voor ruimte daarachter is weet ik niet, dat mag ik niet zien. Ze doen mijn kant van de koelkast op slot wanneer hij wordt bijgevuld met flessen water en eten. Slim van ze.

Aan de andere kant staat een krakkemikkig klein eenpersoonsbed en een tafeltje met stoel. Verder is er een deur die altijd op slot zit. Hoe hard ik mijn best ook doe om hem te forceren, ik krijg hem niet open.

Ik vermoed dat het publiek op mij kan reageren omdat ze mij kunnen zien door de vierde wand. Die is namelijk van de vloer tot aan het plafond van dik glas gemaakt. Als ik er doorheen kijk zie ik niets. Een gigantische donkere leegte. Soms maak ik mezelf wijs dat het geen glas is maar een zwarte muur. Maar nu ik hier al zo lang zit kan ik mezelf daar niet meer mee voor de gek houden.

De deur gaat van het slot. Ik herken de routine van geluiden. De sleutel in het sleutelgat, de verscheidene kettingsloten die worden losgehaald en de piepende deurklink die af en toe niet meewerkt. Zoals nu. Ik ga netjes op mijn stoel zitten aan het tafeltje. Anders krijg ik morgen weer geen eten. Die kans bestaat nu zelfs al omdat ik net zo hard schreeuwde.

De butler komt binnen, een verschijning met een hooghartig smoelwerk, bijna kale kop en stijve bovenlip.

'Meneer vraagt of u daarmee op wilt houden,' zegt hij beleefd doch streng.

Ik draai me naar hem toe.

'Stik er lekker in, ouwe rat.'

Vanuit de verre leegte klinkt het publiek. Ze maken opruiende geluiden om mijn opmerking nog meer kracht bij te zetten.

'Als je zo doorgaat weeg je straks helemaal niks meer,' zegt de butler droog.

Het publiek moet hard lachen om zijn grap. De butler is overduidelijk hun favoriete karakter in dit verhaal.

Ik sta op en loop voorzichtig naar hem toe.

'Butler, waarom zit ik hier? Onverdiend en zonder reden. Ik heb dit ergens eerder gelezen of gezien in een slechte horrorfilm. Maar dat is dit niet! Dit soort dingen gebeuren niet in het echt!'

De butler zucht. In de tijd dat ik hier nu vastzit heb ik gelukkig toch een beetje zijn medeleven gewekt. Hij zet het bord met eten op het tafeltje neer en trekt zijn jasje recht.

'Het echte leven is soms gekker dan fictie. Dingen zoals dit gebeuren soms gewoon.'

'Maar ik verdien dit niet dus dan moet het niet "gewoon gebeuren". Dan moet het gewoon niet gebeuren. Ik zorgde goed voor mijn gezin, ik heb mijn studie goed afgerond en had een goede baan! Ik rook niet, ik drink niet en doe geen enkel ander mens kwaad! Waarom in godsnaam gebeurt dit mij dan?!'

De butler blijft stil. Hij kan ook helemaal niks voor mij doen, weet ik. Ook al zou hij mij willen helpen, hij moet zich altijd nog verantwoorden aan "De Meneer".

'Sorry,' zegt hij en opent de deur. Ik probeer nog langs hem heen te kijken naar de ruimte achter de deur maar het is daar veel te donker om iets te kunnen zien. De butler draait zich weer om naar mij, maar kijkt mij niet aan. Hij lijkt in gedachte verzonken.

'Ik kan je wel een hint geven. Dat is het enige wat ik voor je kan doen,' fluistert hij. Hij wenkt me om dichterbij te komen. Ik loop naar hem toe met mijn rug naar het publiek. Zijn ogen kijken langs mij naar de glazen wand.

'Links bovenin. Je zal deze ruimte nooit via deze deur verlaten maar links bovenin is het glas het zwakst.'

Ik volg zijn blik naar de linker bovenhoek van de vierde wand. Er is niets opvallends aan de hoek te zien.

'Geloof me,' zegt hij, 'het is je enige kans.'

Ik weet nog niet zeker of ik hem geloof. Hij vertrekt door de deur en doet hem weer op slot. Ik staar naar de linkerhoek alsof het mijn grootste vijand is. Ik kijk om mij heen, op zoek naar iets wat ik zou kunnen gebruiken om door het glas heen te rammen. Maar is dat eigenlijk wel slim? Als ik dat doe, komen dan niet meteen de bewakers op mij af? Het zou niet de eerste keer zijn. Misschien is dit wel een soort test. Wat als de butler liegt en mij bewust in de problemen wil brengen? Ook dat zou niet raar zijn. Waar leidt de donkere ruimte heen achter het glas? Daar waar het publiek zit? Ik weet niet zeker of ik daar wel terecht wil komen.

Dagen en dagen gaan voorbij terwijl ik pieker over mijn keuze. Wat is wijsheid in dit geval? De butler is sindsdien niet meer langsgekomen. Dat was ook niet nodig.

Ik heb ondertussen ook iets gevonden dat ik als gereedschap zou kunnen gebruiken om door het glas heen te komen, mocht ik beslissen dat te doen. Het is een flinke reebout, die ik in plaats van op te eten in het vriesvak heb verstopt, achter een doos waterijsjes.

Gisteren had het publiek mij bijna verraden door te joelen en te roepen toen ik de reebout uit de vriezer pakte, maar vandaag blijft het stil. Misschien is de nieuwigheid er nu al van af voor ze. De reebout is keihard en weegt, schat ik, een kilo of twee. Misschien lukt het me hiermee om de glazen wand te breken. Het zal zeker niet met één slag gebeurd zijn. Ik moet dan ook meteen doorslaan tot het glas barst, als de reebout daar tenminste sterk genoeg voor is.

Ik moet het gewoon nu doen. Slaan, zo hard ik kan. Niet twijfelen, gewoon doen. Nu! Ik loop naar het glas. Het publiek wordt onrustig en praat zachtjes onderling.

Dan hoor ik het slot van de deur open gaan. Mijn hart begint sneller te kloppen. Ik ren terug naar de koelkast en pak de kartonnen doos van de waterijsjes uit het vriesvak. Ik hoor de kettingsloten losgemaakt worden. Ik laat de doos vallen. De deurklink begint te bewegen. Ik gooi de reebout in de vriezer en klap de deur ervan dicht. Het geluid wordt verdoezeld door het geluid van de piepende deur die opengaat.

De butler komt binnen en ik plof neer op de stoel. Hij kijkt me onderzoekend aan terwijl ik nog hijg van de spanning. Hij kijkt naar de doos met waterijsjes op de grond. Mijn hart klopt in mijn keel. Hij mag de reebout niet vinden. Hij moet het dan bij 'De Meneer' melden. Hij pakt de doos op en loopt naar de vriezer.

'Ze hebben besloten nog een seizoen met je te doen, je slaat goed aan,' zegt hij. Terwijl hij mij aankijkt doet hij de deur van de vriezer open, legt hij het pak waterijsjes erin en doet de deur weer dicht.

In plaats van opluchting komt er woede in mij op. 'Wat? Nee, dat wil ik niet! Hoe lang duurt een seizoen eigenlijk?'

'Je hebt er nu drievijfde van het eerste seizoen op zitten. Je zal hier dus nog wel een tijdje zitten.' De butler kijkt naar de zwakke hoek van de glazen wand. Ik kan moeilijk uit hem opmaken wat hij er van vindt dat het nog intact is. Hij glimlacht naar me en loopt de kamer weer uit. De deur gaat weer op slot.

Nu is het genoeg. Nog een seizoen kan ik niet meer aan. Niet meer. Geen twijfel meer. Ik voel geen greintje twijfel meer. Mijn lichaam loopt nu als vanzelf naar de vriezer en pakt de reebout eruit. Ik schuif de stoel naar de linkerkant van de glazen wand, klim erop en begin uit alle macht tegen de zwakke hoek te rammen. Woede schiet als een explosie door mijn lijf. Ik begin te schreeuwen terwijl ik door ga met rammen. Ik hoor het publiek krijsen. Ik ga door met slaan en zie dan een scheur in het glas ontstaan. De hele glazen wand valt in stukken kapot. Tijdens deze commotie valt mij iets vreemds op. Tot mijn verbazing zie ik dat er aan de andere kant van de wand geen vloer is maar een afgrond, iets wat ik me nooit eerder had gerealiseerd. De reebout en het glas storten ver naar beneden, het zwarte gat in. Door het schelle geluid van de kletterende glasscherven die in de kamer landen en van het gillende en blijkbaar vluchtende publiek, is mij niet duidelijk hoe diep de afgrond is. Al het glas is gevallen en het publiek is ergens ver weg. Het is nu doodstil.

Ik vervloek mezelf dat ik niet op het moment dat het écht nodig was, mijn oren en ogen goed heb gebruikt. Er is nu geen aanwijzing meer over de diepte te vinden. Ik ben weer terug bij af. Wat moet ik nu?

Ik kan ook iets anders naar beneden gooien! Ik sta op en duw mijn stoel van de rand af. Ik wacht tot ik hem hoor stukvallen. Ik wacht. Zo sta ik daar minutenlang doodstil te wachten op een geluid waarvan ik steeds zekerder weet dat het niet meer gaat komen. Nu heb ik ook geen stoel meer.

Daar sta ik dan. Alleen. Ik loop naar het midden van de kamer.

'Nou, dat was me het dagje wel!', roep ik richting de grote leegte.

Geen reactie, helaas. Ze zijn waarschijnlijk echt gevlucht.

'Nou, dit noem ik geen glasheldere situatie!', probeer ik nogmaals.

Weer geen reactie, maar dat kan dit keer ook gewoon komen omdat het een hele slechte grap is.

Ik moet kiezen. De val kan mijn dood zijn. Of mijn redding. Maar dat daarin geen zekerheid te vinden is maakt me nerveus. Maar ik kan hier niet meer blijven. Dat wil ik niet. Zal ik mezelf gewoon overgeven? Als ze zien dat de glazen wand weg is, zwaait er wat. Maar misschien zal dat erger zijn dan wanneer ik naar beneden spring.

Wat zal er zo diep daar beneden zijn? Het kan toch niet zó diep zijn dat ik geen ondergrond kan horen? Misschien wel. Misschien is het bijvoorbeeld water! Vandaar dat ik niks hoorde! Als het een betonnen vloer zou zijn had ik vast wel de klap van de stoel gehoord. Maar ja, een plons is dan wel veel zachter, maar nou ook weer niet compleet geluidloos.

Ik weet het niet. Ik weet het gewoonweg niet. Ik begin te schreeuwen en schop mijn tafeltje ook de leegte in. Weer geen geluid. Ik kijk naar de deur. Waarom is er niemand op het lawaai afgekomen? De butler komt vaak genoeg voor mindere dingen binnen. Waarom nu niet? Ik hoop zo erg dat er nu iemand komt.   Het liefst 'De Meneer' zelf. Maar niemand komt.

Ik kijk naar de grote leegte en ga aan de rand van de afgrond staan. Het is overal zo donker buiten deze kamer dat ik niets kan inschatten. Ik weet niets en dan heb ik het niet alleen over de ruimte waar ik naar kijk.

Misschien moet ik het daar dan maar mee doen. Dat ik niets weet. Ik ga recht op staan en kijk voor mij uit naar waar ik mij altijd had ingebeeld dat het publiek zou zitten.

'Dames en heren, ik hoop dat u heeft genoten van dit verschrikkelijke schouwspel. Want ik kan u vertellen dat ik dat zeker niet heb gedaan. Ik snap ook nog steeds niet waarom jullie bleven kijken, zo boeiend was het allemaal niet. Als jullie in mijn hoofd konden kijken! Daar gebeurde de hele tijd het meest! Maar ja, daar is het nu te laat voor. Ik zal nu een gigantische stijlbreuk uitvoeren op mijn persoonlijkheid en ga impulsief doen! Bij deze kondig ik het einde van deze waardeloze show aan. Bedankt voor het kijken en nog een prettige avond gewenst!'

Ik kijk omlaag en adem uit.

Ik neem een stap de zwarte leegte in.

Ik val naar beneden.

5
De schoolreis

Theresa liep een mooie lentedag met haar klas van basisschool-kinderen door het bos. Het was haar eerste eigen klas. Daar was ze ontzettend trots op omdat ze net was afgestudeerd. Ze liet dezelfde trots doorschijnen in haar uiterlijk. Haar kastanjebruine haren deed ze in een strakke staart naar achteren en ze zette een bril van zwarte kunststof zonder sterkte op.

Basisschoolkinderen zijn het moeilijkste van allemaal, dat wist iedereen. Kinderen in deze leeftijdscategorie waren meester in sociale spelletjes zonder dat ze daar moeite voor hoefden te doen. Ze wisten precies welke gereedschappen ze tot hun beschikking hadden, zoals chaos creëren, hun harde en hoge stemmen inzetten en natuurlijk de constante aandacht opeisen van iedere volwassene om hen heen. Ze waren gewiekst, dat wist Theresa.

Maar Theresa had dit allemaal, voor haar gevoel, onder controle. Ze kende alle jongens en meisjes door en door. Ze wist welke jongetjes het ergst waren met de machtsspelletjes en welke meisjes nu al het beste waren in mannen manipuleren. Ze herkende alles. Haar eerste schoolreisje zou dan ook geen problemen opleveren, zo overtuigde ze de directeur. 'Niets wat ik niet aan zou kunnen,' beloofde ze hem. En zo was het geregeld.

'Juffrouw, juffrouw. Wat is dit?' riep Tim schel boven de andere jongens uit, een gave die, gezien het aantal schreeuwende kinderen om hem heen, noemenswaardig was.

'Dat heet korstmos, Tim'

Hij knikte voldaan en gooide het stukje mos weer terug op de grond. Zijn ogen wezen naar een boom verder op en zijn wijsvinger volgde.

'En wat is dat, juffrouw?'

'Een grove den, Tim. Die behoort tot de coniferenfamilie.'

'Hebben bomen ook een familie?'

Achterin de groep ontstond wat onstuimigheid door een klein vechtpartijtje, maar dat was niet iets wat Theresa niet aan kon. Het waren vast weer Mark en Jimmy, die er om bekend stonden elke reden aan te grijpen om met elkaar op de vuist te kunnen.

'Ja, Tim. Bomen behoren ook tot families.'

De vechtersbaasjes achterin maakten het Theresa niet gemakkelijk, waardoor ze moest ingrijpen.

'En wat is dit dan, juffrouw?'

'Een steen, Tim.' Theresa ving één van de klappen van Mark op met haar linkerknie.

'Wat voor –'

'Gewoon! Een gewone steen, Tim!'

Beteuterd keek Tim naar de steen in zijn handen en gooide het weg. Ook Mark en Jimmy herkenden deze strenge toon en stopten met vechten.

Toen de zon door de bomen scheen werd Theresa geraakt door een gevoel van blijdschap. Blij met haar groepje kinderen en blij met haar duidelijke aanpak. Ze droomde zelfs even weg en fantaseerde over een uitreiking waar zij werd bekroond als *Leerkracht van het Jaar*. Ze gaf haar denkbeeldige speech en deed denkbeeldig verrast dat zij was uitgekozen voor deze eerbare titel. Haar heerlijke dagdroom werd ruw onderbroken door kleine Tim.

'Juffrouw, wat is dit?'

'Tim, je hoeft niet de hele tijd te –' Haar adem stokte toen haar ogen hetzelfde zagen als die van alle kinderen.

Een man had zichzelf opgehangen aan de hoogste tak van één van de bomen naast het pad. Zijn voeten bungelden boven een omgeschopt hulptrapje en zijn gezicht was stijf getrokken met een blik van pijn en angst. Hij was al dood, dat wist Theresa zeker. Wat ze op dat moment met de situatie aan moest, wist ze allerminst. Met een soortgelijke blik keek ze naar het hangende lijk van de man.

Het was doodstil, letterlijk, maar vooral in de beleving van de jonge lerares. Ze zag alle kinderen met verbazing naar de man staren. Er schoten allerlei vragen door haar hoofd. Ze vroeg zich af of wat ze zag echt was. Wat was hier gebeurd? Wie moest ze bellen? Maar het belangrijkste wat ze zich afvroeg; wat zou er met de kinderen gebeuren, nadat ze zoiets gruwelijks hadden gezien?

Angstig keek ze naar de kinderen. Met open monden staarden zij nog steeds naar het lijk. Behalve Mark. Hij liep voorzichtig op de hangende man af. Met een kritische blik keek hij naar het gezicht, de handen en vervolgens de voeten. Theresa trilde van de zenuwen. Mark hief zijn wijsvinger in de lucht en prikte voorzichtig in het onderbeen van het lijk. Er gebeurde niets. Theresa hoorde zijn brein malen. Wat zou hij denken? De stilte werd onderbroken:

'Zo nep!' riep Mark en draaide zich naar de rest van zijn klasgenootjes. 'Je ziet meteen dat hij nep is! Zo makkelijk maak je ons niet bang hoor, juf!'

Overvallen door ongeloof keek Theresa naar Mark. Hoorde zij dit nu goed?

'Ja, echt flauw hoor!' vulde Jimmy aan. De stilte van daarvoor sloeg meteen om naar de oude vertrouwde schreeuwpartijen die ze gewend was van de kinderen. Mark was zelfs al weer op Jimmy gedoken omdat 'hij hem altijd moest napraten.' Overal vormden kleine groepjes van jongens en meisjes die probeerden te wedijveren over wie de eerste was die zag dat het nep was en daarmee automatisch het stoerste was van iedereen. Theresa stond daar nog steeds toe te kijken. Alles leek weer normaal, behalve voor haarzelf.

Waar was de altijd zo vanzelfsprekende overhand in haar gebleven? Waar was haar kordaatheid om haar hier nu doorheen te loodsen? Ze was van maar één ding zeker en dat was dat de kinderen koste wat het kost in deze zelfgecreëerde waan moesten blijven. Naast alle gedachten die door haar hoofd rondspookten, kwam ook steeds de vraag terug wat hier nou in hemelsnaam was gebeurd.

'U vraagt zich zeker af wat hier is gebeurd?' hoorde ze naast haar.

'Inderdaad,' antwoordde ze en vroeg zich direct af of ze al haar vragen hardop had uitgesproken. Verbaasd draaide ze zich om naar de gedaante naast haar. Daar stond de man die zij ook aan de boom zag hangen. Lijkbleek en met een gigantische blauwe plek rond zijn nek stond hij naast haar mee te kijken naar zijn bungelende lijk.

Theresa keek naar de man en terug naar het lijk. Ze telde dit bij elkaar op – iets wat zij goed kon, aangezien ze ook rekenles gaf – en slaakte een harde kreet. Ze schreeuwde het uit terwijl ze naar de verschijning van de man keek die op zijn beurt zijn oren zo goed mogelijk beschermde tegen haar schelle stem.

'Wat is er, juffrouw?' vroeg kleine, bange Lisa.

Wederom leek Theresa de weg kwijt. Ze keek naar de kinderen die haar allemaal aankeken in afwachting van haar antwoord. Zagen zij ook niet het spook – want dat moest het dan wel zijn, beredeneerde Theresa – dat naast haar stond?

'Waarom schreeuwde u zo, juf?' vroeg Lisa wederom.

'Niets, kinderen. Helemaal niets. Ik dacht even dat er iets langs mijn schoenen kroop en daar schrok ik even van,' stamelde ze.

Zouden de kinderen dit wel geloven?

'Als het maar geen eekhoorn was. Ik ben bang voor eekhoorns,' antwoordde Lisa, waarmee ze een volgende schreeuwpartij inluidde met dit keer als discussiepunt: eekhoorns. Maar juffrouw Theresa kon nog niet opgelucht ademhalen.

'Mijn oprechte excuses dat u dit zo moest aantreffen, mevrouw.'

Ze draaide zich met een schok om naar het spook.

'Zijn deze jongelui allemaal van u?' voegde hij er beleefd aan toe.

'Hemels nee. Nou, ja. Jawel, eigenlijk. Dit is mijn klas. Lerares, ehm. Ik ben hun lerares.'

Hij knikte en keek naar de drukke groep kinderen die onderling weer hevig in discussie was. Ze leken de hangende man haast weer vergeten. Maar voor Theresa gold dat allerminst.

'Wie heeft u dat aangedaan?'

'Ik ben bang dat ik dat zelf ben geweest.' Aan haar blik kon hij op maken dat hij zichzelf verder moest verklaren. 'Ik was ongelukkig. Het werd mij allemaal te veel, het zorgen voor mijn zoon maar voornamelijk het emotionele misbruik van mijn dominante vrouw, dat was de nekslag.'

Theresa, zelf altijd overtuigd dat zij zo'n type vrouw was, keek hem strak aan.

'Ziet u dan niet wat uw laffe en egoïstische daad heeft aangericht? Mijn gehele klas heeft uw lijk nu gezien!'

'Ik ben in de veronderstelling dat zij zich van geen kwaad bewust zijn?'

'Nu nog niet en dat wil ik vooral zo houden, mijnheer!'

'U heeft gelijk, mevrouw. Ik moet er niet om heen draaien met excuses, het is een verfoeilijke daad. Luttele seconden na de keuze om het trapje onder mij vandaan te trappen, voelde ik al spijt opkomen. Helaas is het natuurlijk onmogelijk op zo'n moment een trapje weer terug op zijn plek zetten.'

'Het spijt mij voor uw ongelukkige einde.'

'Nogmaals ook mijn oprechte verontschuldiging.'

'En als u het niet erg vindt, zou ik graag met mijn kinderen willen vertrekken.' Theresa hief haar handen al in de lucht om de kinderen weer in het gareel te brengen. De verschijning trok vluchtig haar armen terug naar beneden.

'Mevrouw, nogmaals mijn excuses. Er is een reden dat u mij kunt zien en uw kinderen niet.' Hij keek haar diep in de ogen aan. 'Ik ben namelijk onrustig, mevrouw. Ik heb een grote fout begaan en moet dat nu rechtzetten. Ik kan hier mijn rust niet vinden.'

'Dat is niet mijn probleem, mijnheer. Mijn probleem is zorgen voor de kinderen,' antwoordde zij, weer net zo sterk en stoer als zij van haarzelf gewend was.

'Ik ben bang dat deze situatie uw probleem is geworden. U kunt mij zien, dus aan u zit ik vast. Waar u heen gaat, ik zal meegaan.'

'Maar dat is niet eerlijk. Ik heb u alleen maar gevonden.'

'Precies, u heeft mij gevonden,' antwoordde het spook enthousiast.

Theresa had het net teruggewonnen gevoel van controle net zo snel weer verloren. Haar voeten voelden als lood en haar blik leek vastgezet op de spelende kinderen rondom het bungelende lijk. De verschijning tikte haar zachtjes op de schouder.

'Ik woonde hier verderop in het bos. Ik weet dat het wellicht een vreemd verzoek is maar ik zou u willen vragen om mij naast mijn huis te begraven. Zo zou ik toch nog op mijn zoon en mijn Madeliefje kunnen letten.'

Theresa had ondertussen haar blik vastgezet op het spook.

'En hoe had u dat precies in gedachten? Met al mijn kinderen erbij, zeker?' Ze wees naar haar klas en keek toe hoe inmiddels een aantal jongens met stokken op het lijk stonden in te slaan.

'Misschien zit er wel snoep in!' riep Jimmy en sloeg, zo hard hij kon, tegen de levenloze rug.

'Dat was mijn idee al!' schreeuwde Mark naar Jimmy en ramde hem met zijn tak op het hoofd. Theresa sprong ontzet op de vechtersbaasjes af en haalde ze uit elkaar, maar niet zonder een slecht geplaatste zweepslag te ontvangen van Mark.

'Nou is het genoeg! Jullie stoppen nu met vechten! En er zit geen snoep in dat ding dus stop met slaan, allemaal!' schreeuwde zij in het rond, waarmee ze direct de voorgaande schreeuwpartij beëindigde.

'Maar wat doet het dan wel?' vroeg kleine Tim.

Daar had juffrouw Theresa nog geen antwoord op, zoals wel vaker was gebeurd vandaag. Verward keek ze alle vragende kinderogen aan, allemaal nieuwsgierig naar haar antwoord. Ook de verschijning keek haar strak aan met een hoopvolle blik. Theresa vroeg zich af of ze deze stilte niet gewoon voor eeuwig kon laten duren. Dat ze nooit hoefde te antwoorden, aangezien ze het antwoord gewoonweg niet had.

'Het spijt mij dat ik zo aandring, maar als dat uw uitweg is, wordt u nooit Leerkracht van het Jaar.'

Ze wist dat hij gelijk had. Ze hief haar hoofd en keek haar kinderen aan.

'Jullie hadden helemaal gelijk, kinderen. Het is een pop, bedoeld om jullie bang te maken. Meer dan dat was het niet dus er zit helaas geen snoep in.' De kinderen zuchtten en maakten hun ontevredenheid hoorbaar.

'Maar ik heb wel de aardige meneer van wie de pop is beloofd hem even terug te brengen. Willen jullie mij allemaal daarbij helpen?'

Onderling werd in kleine groepjes gesmoesd en overlegd. Het

was de eerste keer dat Theresa haar klas niet in een schreeuwpartij zag opspatten maar in een gecontroleerde fluisterbui. Het overleg was gestopt en de kinderen keken hun lerares weer aan.

'Krijgen we dan alsnog snoep?' vroeg Lisa. Theresa glimlachte.

'Afgesproken.' Daarmee ontstond wederom de chaos en het geluidsniveau dat ze van haar klas gewend was. Achter de vrolijke kleine massa zag zij het spook staan met dezelfde glimlach die zij had.

'Dank u wel, mevrouw.' Theresa glimlachte en zette de plannen in gang.

'Wie wil er in de boom klimmen om hem los te maken?'

Een aantal jongens stak gretig hun handen op. Mark gaf Jimmy een duw in zijn zij nadat Jimmy één seconde na hem zijn hand had opgestoken.

Theresa keek verrast op door de samenwerking van haar klas toen zij zelf mochten kiezen wiens beurt het was om de "pop" te slepen. Ze deden dit steeds in groepjes van vijf: jongens en meisjes door elkaar. Zelfs Mark en Jimmy werkten goed samen als zij aan de beurt waren. De groep kinderen liep als een waar team voorop met het lijk achter hen aan gesleept. Daarachter liep het spook samen met juffrouw Theresa. Ze gloeide van trots en hij zag dat aan haar.

'Ik waardeer dit enorm, mevrouw'

'Alstublieft, noem mij Theresa.'

'Mijn naam was David.'

'Prettig kennis te maken, David. En over waardering gesproken, ik ben bang dat ik weinig keuze had, toch?'

'Toch waardeer ik het. Ik kan mij niet eens meer heugen wanneer de laatste keer was dat iemand iets voor mij deed.'

'En uw "Madeliefje" dan?'

'Ik ben bang dat mijn Madeliefje tegenwoordig een echte heks is geworden. Eén van de ergste soort, als u begrijpt wat ik bedoel.'

Theresa slikte even en sprak er snel overheen.

'Deed het pijn?' Het spook onderdrukte een lach.

'Eigenlijk best wel. Ik had gelezen dat het vrij pijnloos zou zijn. Dat is je reinste onzin, bleek maar weer.'

Met een glimlach keek hij haar aan en zij hem.

'Is dat het huis, juffrouw?' vroeg Tim.

In de verte zag zij een klein houten hutje staan waar rook uit het metalen schoorsteentje vloog. Theresa keek het spook aan. Hij knikte.

'Goed gezien, Tim. Maar we moeten allemaal heel stil zijn als we dichtbij het huisje zijn, oké?'

'Waarom, juffrouw? Zitten er dan eekhoorns?' vroeg Lisa angstig.

'Geen zorgen, Lisa. We willen vooral dat het voor de bewoners een verrassing is dat de pop weer terug is. Een verrassing is altijd leuk, toch?

'Net als dat u de pop in de boom voor ons had gehangen?' vroeg Tim.

'Precies!' antwoordde Theresa met een glimlach.

Een aantal jongens hadd de eerste stukken aarde al weg gegraven met gevonden schoppen toen Lisa naar juffrouw Theresa liep.

'Maar waarom kunnen we hem niet hier gewoon neerleggen, juf?'

'Dan wordt hij misschien vies en groeien er allerlei dingen op,' antwoordde zij zachtaardig.

'Zoals korstmos?' vroeg Tim.

'Wat ben jij slim vandaag, Tim.' Hij bloosde en ging snel door met graven.

'Hartstikke goed, kinderen. Dan komt nu het volgende

spelletje,' verklaarde Theresa terwijl zij met wat hulp van de meisjes het lijk in het gat sleepte.

'Wie kan het meeste aarde in de kortste tijd over de pop gooien?' riep ze als een ware quizmaster. Dat hoefde zij geen twee keer te zeggen.

Zo snel ze konden, gooiden de kinderen kluitjes aarde op de dode man. De jongens mikten alles op het gezicht en maakte er een precisiewedstrijdje van. Mark liet Jimmy zelfs met rust toen hij direct na zijn worp volgde met een eigen worp op het gezicht. Lisa deed heldhaftig mee met het gooien van kleine handjes aarde en Tim hield dit keer rustgevend zijn mond dicht. Theresa had dit nog nooit meegemaakt en kon het dan ook niet helpen dat er een glimlach op haar gezicht verscheen.

Haar glimlach verdween toen ze een harde bonk hoorde van de voordeur van het hutje. Met veel geweld vloog er een gedaante op de kinderen af. Ze snauwde naar ze:

'Waar denken jullie mee bezig te zijn?'

Theresa zag een rilling over het spook gaan bij het horen van de stem. Ze keek op en zag daar een vrouw naast de kuil en de kinderen staan. Zo heksachtig leek ze niet. Ze was juist erg mooi voor haar leeftijd en goed verzorgd. Ze had korte, golvende, blonde haren en stralende ogen. Dit kon onmogelijk de heks zijn waar het spook over sprak.

'Rot op van mijn terrein voordat ik jullie allemaal wat aan doe!' sneerde zij met haar schelle stem. Wellicht was zij het wel, bedacht Theresa zich toen.

'Onze excuses, wij zullen meteen vertrekken!' antwoordde Theresa en gebaarde de kinderen alvast om naar haar toe te komen. Maar de nare vrouw keek nog eens goed naar alles om haar heen. Ze zag de schoppen liggen, het half gedichte gat met daarin zichtbaar de onderbenen en schoenen van haar man en keek naar de kinderen met hun bevuilde handen. Haar pupillen werden gigantisch en draaide haar hoofd naar juffrouw Theresa.

'Wat heeft u met mijn man gedaan?' vroeg ze zonder te knipperen. Juffrouw Theresa nam een voorzichtige stap naar achteren.

'Nee, u begrijpt het niet. Hij heeft dit zichzelf aangedaan.'

De kinderen schaarden zich angstig achter hun juffrouw. Zij zocht op haar beurt het spook op, maar hij was nergens te bekennen. De enge heks nam nog een dreigende stap hun kant op.

'Mijn man is een nietsnut. Hij kan niet eens voor mij en onze zoon zorgen en u wilt mij doen geloven dat hij dit zichzelf heeft aangedaan? Denkt u dat ik dom ben?' schreeuwde ze met haar stem die klonk als nagels op een krijtbord. De kinderen kropen bij elkaar, Mark hield Jimmy vast en samen verscholen zij zich achter hun juffrouw. Maar Theresa trilde zelf van angst.

'Het is echt zo. Wij erkennen zijn laatste wens door hier te zijn!'

De heks kwam nog een stap dichter bij de angstige groep.

'Als u mijn man heeft afgenomen dan denk ik dat mij nog maar één optie rest.' Met haar gigantische ogen keek zij naar de kinderen achter Theresa. Ze hief haar hand in de lucht en wenkte met haar wijsvinger naar kleine, bange Lisa. Onder luid gekrijs van de kinderen, en dit keer ook juffrouw Theresa zelf, vloog Lisa door de lucht naar de nare heks toe. Daar bleef zij voor haar neus in de lucht hangen, huilend en schoppend. Het spook overdreef niet toen hij haar een heks noemde, dacht Theresa. Ze keek angstig om haar heen in de hoop dat ze David nog ergens zou zien. Maar dat gebeurde niet.

'Luister alstublieft naar mij. Ik heb uw man echt niet afgenomen, hij was er zelf gewoon klaar mee!'

Met een tweede wenk van haar vinger vloog nog één van de kinderen voor de neus van de heks. Theresa voelde haar hart in haar keel kloppen.

'Stop daarmee, ik smeek u!'

Maar de heks begon hard te lachen.

'Hoe zouden ze smaken?' sneerde ze terwijl zij nog een kind naar haar toe lokte.

'Alstublieft, laat ons gaan!' riep Theresa, maar iedere keer dat zij wat riep trok de mooie heks nog een kind naar haar toe.

'U ontnam mij mijn man! Door u is hij hier niet meer!' schreeuwde ze en trok deze keer Mark naar zich toe. Theresa was ten einde raad. Er schoten wederom allerlei vragen door haar hoofd. Waar was David gebleven? Wat kon ze nu nog doen? Hebben kinderen überhaupt wel smaak? Nog voordat zij volledig haar hoofd verloor voelde zij een lichte tik op haar schouder.

'Noem haar *Madeliefje*,' fluisterde David. Theresa keek toe hoe steeds meer kinderen om haar heen de lucht in werden gezogen door de lachende heks.

'Hoe doet ze dit, juffrouw?' vroeg Tim nog net voordat ook hij werd weggezogen.

'Doe het nu,' fluisterde David, maar Theresa keek machteloos toe naar haar kinderklas die net zo hard schreeuwde als zij gewend was, maar toch heel anders klonk.

'Nu, Theresa!' riep David tegen haar.

'Madeliefje!' schreeuwde zij uit. De heks schrok en keek naar Theresa.

'Wat zei je daar?'

'Madeliefje.'

De heks keek verward en Theresa keek volhardend terug. Ze zag een klein traantje uit de ogen van de heks ontsnappen. Stilletjes volgden er steeds meer tot er een stortvloed ontstond. Tranen liepen over de wangen van de knappe heks terwijl ze langzaam haar hand liet zakken. De kinderen zweefden voorzichtig terug naar de grond. Toen zij eenmaal de aarde onder hun voeten voelden renden ze op juffrouw Theresa af. Behalve Mike, hij trapte eerst de heks tegen haar schenen. Ze deed niets terug. In plaats daarvan bleef ze huilen en daarmee leek de harde gemene heks als sneeuw voor de zon verdwenen.

'Ik snap het gewoon niet. Ik hield van hem. Dat wist hij toch?' Theresa liep naar haar toe en legde voorzichtig haar hand op haar schouder. Met een snelle beweging draaide de heks naar Theresa toe. Ze omhelsde haar terwijl ze bleef huilen. Alsnog behoedzaam, sloeg Theresa haar armen om de zielige heks heen.

'Hij zal vanaf nu altijd waakzaam in uw achtertuin blijven.'

De heks maakte zich los en keek Theresa met haar grote ogen aan.

'Ik zou graag even alleen willen zijn met mijn man,' zei ze zachtjes.

'Natuurlijk.' Theresa draaide zich om naar de kinderen om ze bijeen te roepen maar zag dat kleine Mark al voor haar neus stond.

'Jimmy heeft gewonnen!' riep hij. Ze keek op en zag alle kinderen bij het gat staan, dat nu volledig was gedicht en zelfs door de meisjes versierd was met bloemetjes. Zij waren ongestoord verder gegaan toen ze verder konden. Theresa glimlachte.

'Goed zo, Jimmy!' Ze gebaarde alle kinderen om mee te lopen, terug naar het pad, waar David hen nog opwachtte. Ze keek nog eens naar de heks.

'Ze gaat je wel missen.'

'Ik moet eerlijk bekennen dat ik deze kant van haar ook wel ga missen. Deze kant heb ik al jaren niet meer van haar gezien.'

'Jij kan maar beter goed op haar en jullie zoontje letten. Beter dan dat je voorheen heb gedaan.'

'Dat ga ik doen. Ik heb dit lesje helaas te laat geleerd.' Hij glimlachte naar haar. 'Dank je wel.' Theresa glimlachte terug. Even was het stil.

'Tegen wie praat u nou, juffrouw?' vroeg Tim achter haar rug. Theresa draaide zich om en keek nog even naar achter; David was vertrokken. Met een glimlach keek ze Tim aan.

'Niemand, liefje.'

Theresa riep alle kinderen bij elkaar om mee naar huis te gaan. Het was namelijk al erg laat geworden. Samen liepen ze terug naar de rand van het bos. Lisa rende naar voren naar haar juffrouw en trok aan haar blouse.

'Juf, dat was vroeger een echte meneer, hè?'

Stiekem was Theresa best trots op deze slimme, stoere meid. Ze knikte naar haar. Lisa huppelde van trots.

'Ik wist het. Gelukkig dat het geen eekhoorn was. Ik ben bang voor eekhoorns.'

6
Johan, zijn vader en de zee

Ik zag vandaag iets raars. Het was bij het strand. Ik stond daar, zoals gewoonlijk, op de tak van mijn favoriete boom en ik keek, zoals ik iedere dag doe, naar de mensen die het strand bewandelen. Maar vandaag wandelde er niemand langs de vloedlijn. Helemaal niemand.

Wel zag ik een oude man liggen op het koude natte zand, met zijn hoofd richting de zee. Zijn hoofd lag precies zo dat het uiteinde van de golven nog net zijn oren aanraakte om vervolgens richting zee terug te spoelen. Hij lag daar kalm en staarde naar de grauwe lucht.

De man, oubollig gekleed, waarschijnlijk vanuit vrije keuze, leek er nog wel bij met zijn verstand. Dit was uiteraard niet op te maken uit zijn huidige actie, maar zijn gezicht leek vooral te verraden dat zijn daad opzettelijk was. Hij wist dat hij daar lag en hij wist dat het steeds meer vloed zou worden. Maar hij verroerde zich niet. Hij bleef daar maar liggen, terwijl de zee hem steeds verder omarmde.

Een wat jongere man bevond zich wat verder landinwaarts op het strand. Hij stond er nogal hopeloos bij, kijkend naar de oude man, met een gezicht net zo troosteloos als het donkergrijze wolkendek in de lucht. Het leek erop alsof het ieder moment kon gaan regenen.

Het was geen mooie dag om naar het strand te gaan, dus ik snapte wel waarom zij en ik hier een van de weinigen waren. Afgezien van de twee oude rabbi's op het bankje bovenaan het duin natuurlijk.

'Kom op nou, pap!' riep de jongere man naar de oude man.

De oude man, die blijkbaar zijn vader was, gaf er geen gehoor aan. De zoon, ook oubollig gekleed, waarschijnlijk uit geforceerde opvoeding, leek er niet echt blij mee om zo weinig grip op de situatie te hebben. Hoewel hij stilstond, bewoog hij onnodig veel en keek alert uit zijn ogen. Een volledig tegenovergestelde houding in vergelijking met die van zijn vader. De vader hield zijn lippen gesloten, hetgeen de zoon overduidelijk frustreerde. Hij liep vervolgens richting het water.

Hij liep langs zijn vader het water in. Met angst keek hij naar zijn natte knieën.

'Het komt steeds dichterbij,' zei hij met een schelle, onrustige stem. 'Kijk, pap, hier was het eerst enkelhoogte. Maar het is toch echt kniehoogte geworden.'

De vader bleef stil, zijn ogen nog steeds naar de lucht gericht. Maar diezelfde ogen verraadden dat hij wel degelijk met zijn zoon bezig was. Toch gaf hij geen krimp.

De zoon liep met een halfnatte broek terug het strand op en probeerde zijn vaders ogen te vangen.

'Ik ben deze kleren zat, pap. Al jaren ben ik ze zat...'

Zijn vader zuchtte diep en zei: 'Ik weet niet waar het is misgegaan, Johan. Heb ik misschien iets niet goed gedaan? Of was het je moeder? We hebben er alles aan gedaan om je het juiste te leren. Hoe kan het dan zo zijn misgelopen?'

De zoon, blijkbaar Johan genaamd, leek verrast dat zijn vader hem antwoordde, maar probeerde dat snel te overkomen met een sterke reactie.

'Ik ben mijn eigen hoofd gaan gebruiken,' zei hij, zo sterk als hij kon.

Maar de vader zag zijn onzekerheid. Zelfs ik zag zijn onzekerheid.

Johan ging door met zijn zaak verdedigen, maar mijn aandacht richtte zich op iets anders. De twee rabbi's op het bankje onder mijn favoriete boom keken namelijk ook nauwlettend naar het schouwspel op het strand van de vader en de zoon. Het was voor hen een dagelijkse bezigheid om de voorbijgangers te observeren en te bekritiseren. Ik was het persoonlijk bijna nooit met hun meningen eens, maar het was altijd leuk om naar ze te luisteren.

'Ik vraag me af of dit allemaal nog wat betekent,' zei de linker rabbi.

'Neuh, ik denk 't niet,' antwoordde de ander.

Johan keek naar het dikke wolkendek.

'Ik weet het niet zeker, maar het lijkt erop dat het ieder moment kan gaan regenen, pap!'

Zijn vader bleef roerloos in het water liggen toen er twee gedaantes oprezen uit het water. Het waren menselijke gedaantes, een man en een vrouw. Ze waren naakt, behalve hun gezichten die bedekt werden door vismaskers. Vanuit de golven kropen zij op hun knieën langzaam het strand op en daar waar de golven niet meer hun tenen konden raken, stonden zij op. Het opstaan ging niet gemakkelijk, alsof ze het voor de eerste keer deden, maar toen ze eenmaal stonden ging het lopen ze gemakkelijk af. Ze liepen landinwaarts, richting de duinen, hand in hand. Toen ze bij de voet van de duinpannen kwamen deden ze hun vismaskers af. Ze zoenden en omarmden elkaar tot ze ver in de verte achter de duinen verdwenen.

Johan volgde het hele tafereel met zijn ogen.

'Zij redden zichzelf tenminste!' riep hij boos naar zijn vader. Zijn vader glimlachte.

'Misschien blijf ik wel drijven.'

'Misschien ook niet!'

De vader bleef wederom stil, maar de glimlach bleef op zijn gezicht. Het begon zachtjes te regenen. Motregen, niets meer dan dat. De golven reikten nu al tot de heupen van de oude man. Ik zag bij Johan een prachtige reflectie van de golven in zijn ogen. Glinsterende, waterige ogen.

'Sta nou op, pap..., alsjeblieft, sta op!'

'Accepteer het nou, Johan. In ieder opzicht, accepteer dit nou.'

Weer het antwoord dat hij niet wilde horen. Hij leek ontzettend gepikeerd en met diezelfde blik zocht hij naar iets. Alsof hij de hele situatie even vergat, liep hij naar een jonge vrouw die iets verderop aan de rand van het water met zand zat te spelen. Ze was van ongeveer dezelfde leeftijd als Johan, vermoedelijk zijn vriendin. Ze keek vrolijk op toen hij bij haar aankwam.

'Kijk, liefje, ik heb een nieuw trucje geleerd!'

Ze hief haar hand in de lucht zoals een dirigent zijn baton zou vasthouden en met iedere zwaai die zij maakte met haar hand, veranderden de kleuren van de wereld! Het was werkelijk een machtig mooi trucje, mijn woorden doen er geen recht aan. Haar handen dirigeerden de kleuren van de zee, het zand, de mensen en ook haar ogen. Van cyaanblauw naar een prachtig diep paars. Ze deed het met veel gevoel en plezier, dat was wel aan haar te zien.

Johan leek wat minder gefascineerd door de truc en tilde haar op en sleepte haar mee naar zijn vader. De lieve meid probeerde nog gehaast onder het wegslepen door, de kleuren weer recht te zetten naar het palet dat wij als normaal ervaren.

'Ga verder van de zee af zitten,' gebood hij haar.

Ze leek daar niet zoveel problemen mee te hebben en ging dichterbij de duinen door met spelen. Nadat hij zeker wist dat ze op een veilige plek zat, liep Johan weer terug naar zijn vader die inmiddels helemaal omringd was met water.

Iedere golf stroomde als een koude deken over de vader heen, waarbij alles onder water kwam behalve zijn gezicht. Johan keek verslagen.

'Ik vind dit een domme beslissing, pap.' Een zin waar zijn vader wederom geen gehoor aan gaf.

'Sta op, pap. Je hoeft niet alleen maar alles klakkeloos te accepteren.'

'En niet alles hoeft bevochten te worden, Johan. Ik zou het zelfs fijner vinden, als je mij hierin niet bevecht. Ik heb je nodig. Juist nu.'

Er ontsnapte een klein traantje uit het oog van de vader, het rolde over zijn wang de golf in die net over zijn lichaam stroomde. Dat kleine traantje deed iets bij Johan. Het leek wel alsof er iets in hem brak. Een goede breuk, hoe naar dat ook klinkt. Ook bij Johan ontsnapte er een traan. De vader bleef met zijn ogen gericht naar het grauwe wolkendek.

'Blijf je erbij tot ik helemaal weg ben?'

'Ja, natuurlijk.'

'Fijn.'

Het bleef even stil tussen de twee mannen. Het was mooi om te zien dat ze allebei op hetzelfde moment een klein glimlachje lieten zien. Het geluid van een hoge golf in aantocht werd duidelijk hoorbaar.

'Ik hou van je, pap.'

'Ik ook van jou, Johan'

De hoge golf naderde nu snel de kust. Johan nam een aantal stappen naar achteren. Van achter kwam zijn vriendin aangelopen. Ze omarmde hem, maar zijn ogen bleven gericht op zijn vader die met de hoge golf werd meegenomen en de zee in verdween.

De vriendin wist wat haar nu te doen stond en omhelsde hem. Ze kuste hem in zijn nek terwijl hij naar de lege grijze zee bleef kijken. Wat ik persoonlijk een prachtig gebaar van haar vond was dat zij toen, met haar net aangeleerde trucje, het licht wat deed dimmen. Het gebaar viel blijkbaar in goede aarde bij Johan, hij liet een klein glimlachje zien terwijl hij naar de zee bleef staren. Ze omhelsde hem nogmaals.

'Je heb hem kunnen geven wat hij wilde. Net op tijd, goed van je. Dat was nu even belangrijker dan je eigen overtuiging.'

Johan lachte. Ik denk dat hij wel wist dat ze gelijk had. Hij keek haar aan en hoefde niets meer te zeggen. Alles was al duidelijk. Net zo duidelijk als dit verhaal. Samen liepen zij rustig het strand af, richting de duinen. Terug naar huis, waarschijnlijk. Het was een mooi moment dat ruw werd onderbroken door de twee rabbi's onder mij.

'Pfff, wat een kloteverhaal, hè?' zei de rechter rabbi. Lachend stonden zij op en ook zij liepen weg van het strand. Misschien was dit hele verhaal niet eens zo zeer raar, maar vooral mooi. Ergens zelfs fijn.

Nu was ik als enige overgebleven. Hier op dit strand, samen met de sombere zee. Ik sprong van de tak waar ik de hele tijd op zat en ook ik vloog weg richting het binnenland, op weg naar huis.

7
De hoogtevreesclub

Daar staan we dan. Piet, Edje en ik, kijkend naar boven. We proberen Fred te onderscheiden tussen alle palmboombladeren, maar er zijn weinig open plekken die zonlicht doorlaten. We willen zo graag een glimp opvangen van Fred, zodat we in ieder geval weten dat wat we hier nu doen, ook zin heeft. Helaas kan geen van ons zien hoe hoog hij nu zit.

'In ieder geval zit ie dus al erg hoog!' zegt Edje optimistisch.

Wij hebben alle vier hoogtevrees en kwamen vroeger één keer per week samen om het daar over te hebben. We hadden het er dan over hoe hoogtevrees onze levens op verschillende manieren ondraaglijk maakte. Piet, bijvoorbeeld, was zijn vrouw verloren aan hoogtevrees, maar hij wilde er nooit specifiek op ingaan hoe dat nou precies gebeurd was. Was zij doodgevallen of kon zij zijn hoogtevrees niet aan? We hadden er al snel vrede mee dat we er nooit achter zouden komen, vooral omdat Piet erg agressief kon worden. Tot overmaat van ramp werd onze clubruimte na een aantal maanden naar de tweeënveertigste verdieping verhuisd. Dit resulteerde vaak in sessies waarbij iedereen alleen maar hysterisch door de ruimte rende en jankte als een kind van vijf.

Dat we verdwaald zijn op dit tropische eiland is niet mijn schuld. Dat komt toch echt door Fred. We kunnen aan het strand blijven, zei ik, wachten op hulp. Maar Fred moest en zou het eiland verkennen.

'We hebben dan veel meer kans dat we iets nuttigs vinden!' verklaarde hij en Freds wil is wet.

Door de hitte glijdt het zweet bij ons alledrie als een waterval langs ons lichaam naar beneden. Bij mij komt het ook door de gedachte dat Fred zo hoog in die boom zit met hoogtevrees. We lopen nu al drie dagen in dit dichtbegroeide oerwoud, dus er was geen ontkomen meer aan dat iemand de palmbomen in moest om kokosnoten te plukken en om te zien of je vanaf daar een beter uitzicht had op de omgeving.

'Hij is zo dapper. Vind je ook niet, Albert?' zegt Edje.

'Hij is gewoon dommer dan wij,' antwoord ik kortaf.

Edje kijkt teleurgesteld. Alsof hij het even nodig heeft om iets positiefs te horen.

Alsjeblieft, laat Fred met wat goed nieuws komen. Een vijfsterrenresort dat hier dichtbij is gebouwd, een vliegveld met een directe verbinding naar Nederland of een gigantische supermarkt waar we kunnen betalen met een dansje of iets dergelijks. Als hij maar met iets van goed nieuws komt, want ik kan niks verzinnen voor Edje. Ik zie dat hij zachtjes begint te snikken. Ik sla hem vriendschappelijk op zijn gigantische schouder.

'Straks komt Fred naar beneden, Edje. Dan heeft hij eten en weet hij welke kant we op moeten lopen. Het komt allemaal goed, dat beloof ik je.'

Dan klinkt er hoog vanuit de bomen geschreeuw. We kijken alle drie naar boven om te zien waar het vandaan komt. Het komt in ieder geval snel dichterbij. Edje kijkt me angstig aan. Hij is misschien niet de slimste, maar zelfs hij begrijpt wat er nu gebeurt. Nog voordat wij hem duidelijk uit de lucht hebben zien vallen raakt Freds lichaam met gigantische snelheid de grond. Zijn geschreeuw stopt abrupt en maakt plaats voor het geluid van brekende botten en een doffe plof, alsof het een zachte ondergrond is waar Fred zijn gezicht net op heeft verbrijzeld.

Ik zucht en Edje begint te huilen.

'Godverdepleuris!' roept Piet, 'zijn we terug bij af! Nou, ik ga niet als volgende! Jullie bekijken het maar, stelletje rothonden!'

Hij loopt weg om zijn frustratie af te reageren op één van de palmbomen. Als een bezetene begint hij tegen de boom te schoppen en te schelden.

Ik check even bij Fred of hij echt dood is. Niet dat het logisch was geweest als het niet zo was, maar een mens mag hopen.

Edje loopt voorzichtig naar mij toe.

'Wat nu, Albert?'

Normaal gesproken vind ik dat kinderlijke en dat zachte van Edje erg aandoenlijk, ook al rijmt het niet met zijn gigantische postuur – ook zijn tattoos en kale kop suggereren dat hij minstens tien keer stoerder zou moeten zijn dan hij eigenlijk is – maar nu kan ik hem even niet uitstaan.

'Ik weet het ook niet, Edje!'

Ik sta op en loop weg. Even een momentje voor mijzelf.

Fred was eigenlijk heel erg dapper. Veruit het stoerste van ons alle vier. Voor een normaal mens zou het al heel erg dapper zijn om in zo'n gigantische boom te klimmen, laat staan voor iemand met hoogtevrees. Maar ja, dat zal waarschijnlijk ook wel weer de reden zijn dat hij uiteindelijk toch naar beneden viel.

Ik ga tegen een palmboom zitten en zie verderop hoe Edje nog steeds staat te huilen en Piet nog steeds als een maniak een boom aftuigt. Ik had nu graag een sigaret gehad. Ik rook al drie jaar niet meer, maar ik had dat record graag uit het raam gegooid op dit moment.

Er valt iets zwaars op mijn hoofd. Ik reik met mijn handen naar de pijn op mijn hoofd, maar de golf van woede die opkomt maakt snel plaats voor nieuwsgierigheid. Ik kijk om mij heen en zie een lichtgroene kokosnoot van mij wegrollen.

De pijn is meteen verdwenen. Ook Piet en Edje kijken met verbazing naar de kokosnoot. Twee meter van mij vandaan valt er nog één op de grond. Piet duwt Edje weg en rent op de kokosnoten af.

Ik pak de kokosnoot voor mijn neus op terwijl Piet de andere kokosnoot probeert open te krijgen door hem met veel agressie tegen een palmboom te rammen. Ik kijk naar de kokosnoot die mij net nog veel hoofdpijn bezorgde, wanneer er nog een kokosnoot naast mij neervalt. Ik kijk omhoog en zie bovenin de bomen iets bewegen. Het beweegt snel maar onopvallend. Ik moet veel moeite doen om de schim bij te houden.

Terwijl Piet en Edje nog bezig zijn met het openen van de kokosnoten, laat ik de mijne vallen en volg de schaduw die van boom naar boom slingert. Ik moet zelfs rennen om zijn snelheid bij te houden. Ik zie de gedaante verderop bij één van de palmbomen naar beneden glijden, om daar vervolgens zelf ook aan een kokosnoot te beginnen. Voorzichtig verschuil ik me achter één van de bomen zonder geluid te maken.

'Albert! Piet probeert mijn kokosnoot te stelen!' roept Edje terwijl hij naar mij toe rent.

'Jij heb het extra gewicht toch niet nodig en ik heb honger!' schreeuwt Piet die achter hem aanrent.

Ik zet mijn wijsvinger tegen mijn mond en gebaar ze om stil te zijn. Piet kijkt onbegrijpend naar mij dus richt ik dezelfde wijsvinger naar de gedaante verderop. Nu ik hun aandacht heb, gebaar ik ze om hier te blijven. Piet knikt en Edje steekt lieflijk zijn duim omhoog. Ik draai me om en sluip voorzichtig op het wezen af waarvan ik vermoed dat het een dier is.

'Dit voorspelt niet veel goeds,' fluistert Piet nog in mijn rug.

Mijn hart bonkt snel en hard, wat alleen maar erger wordt naarmate ik dichter bij het dier kom. Hij heeft me gelukkig nog niet opgemerkt.

Hoe komt het dat ik niet eens door een raam op de derde

verdieping durf te kijken, maar het wel durf om hier een onbekend wezen aan te vallen? Trouwens, ga ik hem aanvallen? Of moet ik hem rustig benaderen? Zal hij mij niet aanvallen? Heb ik eigenlijk niet een wapen nodig?

Het is een aap, zie ik nu. Hij is druk bezig met het eten van zijn kokosnoot. Ik ben nu op vier meter afstand van de chimpansee. Ik denk dat ik hem best aankan. Misschien moet ik hem gewoon bespringen.

'Goedemorgen!' roept de aap terwijl hij zich naar mij toedraait.

Ik schreeuw luidkeels van schrik en val achterover in het zand. Ik kijk om mij heen in de hoop Piet en Edje te zien. Die zijn nergens te bekennen, ook niet meer op de plek waar ze zich eerst verscholen. Stelletje lafaards. Ik kijk vluchtig om mij heen.

'Mijn excuses. Ik wilde je uiteraard niet zo doen schrikken,' zegt de chimpansee terwijl hij mij zijn hand toereikt.

'Piet! Edje! Help!' roep ik iedere kant op.

'Geen zorgen. Ik ben hier niet om je pijn te doen. Behalve die kokosnoot op je hoofd misschien, maar dat was puur voor de lol.'

Ik kijk de aap vragend aan.

'Jij kan dus praten?'

Natuurlijk een domme en overbodige vraag, maar ik kan niets beters verzinnen.

'Dat klopt als een bus! Zie je, ik ken zelfs dat soort uitdrukkingen!' zegt hij trots.

Zijn hand heeft hij nog steeds naar mij uitgestrekt.

'Je hoeft niet bang te zijn, Albert.'

Ik pak zijn hand vast en sta op.

'Hoe ken jij mijn naam?' vraag ik.

'Dat zal ik je vertellen,' zegt de aap terwijl hij een vlo, die hij net op zijn hoofd heeft gevonden, opeet.

'Het is namelijk geen toeval dat wij elkaar hier treffen.'

Ik kijk hem verbaasd aan. De chimpansee maakt een erg opgewekte en vrolijke indruk.

'Jullie zijn hier dankzij het lot!' verklaart hij, 'De Hoogtevrees Club. Velen verklaarden mij voor gek over de voorspelling. Dat het maar een sprookje was van vroeger. Maar wie lacht er nu?! Jullie bestaan echt! Jullie zijn hier!'

Vol ongeloof staar ik de aap aan. Hij ziet dat ik er niks van begrijp en gaat verder met zijn verhaal.

'Jullie bestaan hier al eeuwen in de legendes. Mijn vader vertelde mij vroeger over de "Machtige Hoogtevrees Club", zoals zijn vader dat voor hem deed en zijn vader daarvoor. Jullie zullen mijn stam en dit eiland redden van de ondergang! Albert, je wilt niet weten hoe lang ik al op deze dag heb gewacht!'

Hij kijkt mij met glinsterende ogen aan.

'Wat?' is het enige wat er bij mij uitkomt. De aap gaat rechtop staan.

'Het zal jullie straks allemaal duidelijk worden. Maar laten we eerst naar mijn stad gaan. Daar kunnen jullie eten en rusten.'

De aap maakt aanstalten om te vertrekken maar ik hou hem tegen.

'Wacht! Ik snap het niet! Ondergang? Pratende apen? En wij zijn geen helden! Je hebt het verkeerd!'

'Vertrouw me, Albert. Ik weet dat het veel is wat er nu in één keer op je dak valt, maar straks wordt het allemaal duidelijk.'

'En wij zijn niet eens meer compleet! Fred is nog geen tien minuten geleden voor onze neus doodgevallen!'

'Ja, ik ben bang dat hij net zo hard schrok van mijn spraakvermogen als jij. Het verschil was alleen dat hij het zich niet kon veroorloven achterover te vallen,' zegt de aap verontschuldigend. 'Alsjeblieft, Albert. Geloof me. We moeten nog ver reizen naar mijn stad, maar daar zal duidelijk worden hoe jullie onze samenleving kunnen redden. In ieder geval kunnen jullie eten en rusten bij ons.'

Hij reikt mij wederom zijn hand toe.

'Kom nou Albert, er staat een avontuur te wachten...'

Ik twijfel even. Maar ik heb wel erg veel honger en van slapen komt eigenlijk nooit veel terecht door het gesnurk van Edje. Ergens ben ik ook wel benieuwd wat deze merkwaardige legende nu inhoudt. Zijn wij echt gemaakt voor iets groots? Zou het kunnen?

'Oké, we gaan mee!' roep ik.

De chimpansee lijkt ontzettend opgelucht.

'Ik ben je zo dankbaar!' roept hij.

Hij geeft me een knuffel en houdt me stevig vast waardoor ik moeite heb met ademen. Maar dan lijkt zijn grip plots te verslappen. Net voordat de chimpansee in elkaar zakt, hoor ik een doffe klap. Het is Piet die als een psychopaat op de aap inramt met zijn kokosnoot. Het is duidelijk dat de aap al bewusteloos is, maar toch gaat Piet door met slaan. Ik stap op hem af.

'Piet! Stop! Je weet niet wat je –'

Voordat ik mijn zin kan afmaken hoor ik vanuit de verte Edje aankomen. Met een luide oorlogskreet rent hij op de bewusteloze chimpansee af en springt met zijn volle gewicht op hem.

'Edje, nee! Jullie snappen het niet!' schreeuw ik.

Piet geeft me een schouderklopje.

'Goed gedaan, Albert! Lekker weer eens vlees op het menu!'

Edje is al opgestaan en samen schoppen ze het lichaam van de aap nog flink na. Machteloos kijk ik toe hoe onze laatste hoop kapot wordt geschopt. Ik zucht.

'Idioten! Jullie weten niet wat jullie net hebben gedaan.'

'Wat? Wil jij geen stukje dan?' vraagt Piet.

Edje gaat nog steeds door met schoppen.

Ik heb mijn best gedaan. Meer dan dat kan ik niet doen. Ik plof op m'n knieën bij het lijk van de aap neer.

'Jawel. Doe mij ook maar een stukje,' zeg ik.

Edje stopt eindelijk met schoppen.

'Dat heb ik goed gedaan. Toch, Albert?' vraagt hij als een lief klein kind.

Ik kijk hem aan en zie in zijn ogen dat dit één van de weinige momenten is dat hij echt trots op zichzelf is.

'Ja, Edje. Dat heb je goed gedaan.'

8
Een nieuw tijdperk

'Ik denk dat we het hier bij moeten laten,' zei hij.

Het kwam aan als een mokerslag. Ik zag het al een tijdje aankomen, maar het deed alsnog veel pijn. Misschien wel juist omdat ik het al zo lang onderhuids voelde. Ik zet mijn biertje op de stoeprand naast mij en kijk naar de grond.

'Ik denk van niet...'

Ik wrijf met mijn voet over het grind waardoor een krassend geluid ontstaat. Ik probeer rustig te blijven, ook al lukt dat niet echt. Maar schreeuwen heeft nu geen zin en is erg kinderachtig. We zijn tenslotte al achttien, we moeten dit toch gewoon volwassen op kunnen lossen?

'Ik denk dat wat we nu hebben juist heel erg goed werkt. Ik heb je door zoveel heen gesleept. Je kan me nu toch niet zomaar aan de kant zetten?'

We zitten op de rand van het grote beursplein op een warme donderdagnacht. Overdag is het hier druk met mannen in zakenpakken en vrouwen in nette jurkjes, vaak met bril op waardoor ze intelligenter ogen. Misschien doen ze dat zodat hun positie niet makkelijk ondermijnd kan worden door hun mannelijke collega's. Hij zit hier vaak met z'n vrienden de laatste tijd. Te lachen om de stijve mensen die ze hopen nooit te worden, te praten over meisjes die ze leuk vinden of met wie ze het zouden willen doen. Stoer doen over wie de grootste spierballen heeft en soms, als ze in een goede bui zijn, te filosoferen over het leven.

'Je moet morgenvroeg toch weer op school zijn?' vraag ik zachtjes. Hij knikt.

'Nou, laten we dit gesprek dan niet nu voeren. Ik wil het er een keer goed over hebben en niet zo gehaast als nu.'

'Er valt niets te bespreken, man. Ik heb hier al goed over nagedacht en vanaf volgende week is het afgelopen. Het moet...'

Het is heerlijk warm. Hij is vannacht uitgegaan in T-shirt en spijkerbroek. Ik probeerde steeds mee te doen maar dat liet hij niet toe. Hij haalt me er nog steeds alleen bij als hij mij nodig heeft.

Eigenlijk zou ik boos op hem moeten zijn. Ik ben er al vanaf zijn zesde. Ik was er als enige toen hij geen vriendjes kon maken. Toen hij gepest werd. Toen hij huilend thuiskwam omdat hij per ongeluk een scheet in de klas had gelaten waarvoor iedereen hem uitlachte, zelfs Melanie, het enige meisje waarvan hij nooit zou willen dat ze hem uitlacht.

Ik sta op en neem het laatste slokje van mijn bier. Hij blijft mij maar stom aanstaren. Een schok van woede schiet door mij heen en ik gooi het lege flesje op de grond kapot. Hij schrikt. Het geluid galmt over het uitgestorven plein en ook de echo's zijn nog lang te horen na de knal. Het blijft lang stil. Ik kijk hem aan maar hij zegt niets. Hij staart alleen maar voor zich uit. Eigenlijk moet ik boos op hem zijn.

'Ik snap het gewoon niet! Waarom kan dit niet doorgaan?' schreeuw ik.

Hij durft me niet aan te kijken. Hij neemt nog een slokje van zijn bier en slikt het gehaast door.

'Ik ben achttien, Tim. Achttien! Het is niet normaal dat ik je nog steeds zo vaak inbeeld.'

'Wie beslist wat niet normaal is en wat wel?'

Hij denkt hier even over na en blijft weer stil. Frustrerend is dat. Ik ben dan misschien wel een onderdeel van zijn brein, maar ik kan alsnog zijn gedachten niet lezen.

'Na alles wat ik voor je heb gedaan kan je me toch niet zomaar laten gaan? Ik doe alles voor je! En ik doe het graag, begrijp me niet verkeerd! Maar... Ik weet het ook niet, laat maar.'

Het begint wat harder te waaien, niet onaangenaam met deze temperatuur. Er echt van genieten kan ik niet.

'Heeft dit iets met Melanie te maken? Je was gisteren bij haar, toch?'

Hij kijkt verrast op. Ik glimlach.

'Ik weet dat omdat je tussendoor toch stiekem even aan mij dacht. Ook al was het maar even.'

Ik zit op het goede spoor want deze betrapte blik van hem herken ik. Hij weet nu net zo goed als ik dat hij maar beter eerlijk kan zijn. Hij staat op en kijkt me in de ogen.

'Ik heb het haar verteld. Ze denkt dat ik mijn problemen projecteer en dus jou heb bedacht om daarmee om te gaan.'

'Ja, en? Dat klopt, maar wat maakt dat nou uit?'

'Ze denkt dat het ongezond is en dat ik er anders mee om moet gaan nu ik ouder ben.'

Ik geloof mijn oren niet. Ik begin hard te lachen, hoe vreemd ik dat zelf ook vindt.

'Dus nu luister je naar dat meisje die jou eerst niet eens zag staan?'

Hij blijft stil. Ik had graag nog een bierflesje in mijn handen gehad zodat ik hem nog eens op de grond stuk kon gooien.

'Zie je! Ik had je toch al gewaarschuwd dat deze meid geen goed idee was! Ze manipuleert je nu al! Ik ken dat soort meiden! Verborgen agenda! Echt hoor! Ik zou je zoiets nooit aandoen. NOOIT!'

Melanie Zeilstra, de vuile vieze snol. Ik zag het al de eerste keer in haar ogen. Die geveinsde verliefde blik naar hem. Dat nepgelach om zijn grappen. Ze brengt soms nog steeds die scheet in de klas ter sprake en moet dan lachen om hem.

'Geen zorgen, ik vond het zelfs schattig,' zegt ze dan tegen hem en zoent hem.

Ik werd er de eerste paar keren fysiek misselijk van toen ik het zag. Melanie, met haar bruingroene ogen en kastanjerode haren. Ik heb helemaal niets tegen haar persoonlijk, maar ik denk dat ze een manipulatief en misbruikend kreng is naar hem toe. Hij ziet dat niet, hij kijkt alleen maar smoorverliefd terug.

Ik kijk hem in de ogen en hoop dat hij eindelijk wat gaat zeggen, maar hij blijft stil. Zijn ogen zien er glazig uit, maar de hoeveelheid alcohol kan daar ook een rol in spelen. De klokken van de kerk luiden. Het is drie uur 's nachts en om zeven uur gaat de wekker al voor het eerste lesuur.

'Mama maakt je echt af morgen,' zeg ik na de laatste dreun van de klokken.

'Denk ik ook, ja,' antwoordt hij. Hij glimlacht zelfs naar me.

'Je hebt veel voor me gedaan en daar zal ik je altijd dankbaar voor zijn.'

Ik glimlach terug en wil wat zeggen maar hij onderbreekt mij.

'Maar wat je tegenwoordig doet is anders. Er zit iets achter. Een verborgen agenda, zoals je dat noemde.'

'Wat? Hoe durf je dat te zeggen!'

'Het is zo!'

'Luister, ik heb je gemaakt tot wie je nu bent! Dankzij mij durfde je voor dat meisje te gaan en dit is hoe je mij nu terugbetaalt? Leuk spelletje speel je! Je wordt bedankt, écht bedankt!'

'Hoor je wat je zegt?'

'Ja, ik hoor wat ik zeg. Dat jij nergens bent zonder mij! Dan was je nog steeds dat kleine jongetje dat in zijn bed plaste en met zijn knuffels hele dagen alleen thuis zat te spelen! Daarom ben ik hier! Daarom ben ik jouw vriend geworden! En alleen omdat ik niet echt ben betekent niet dat ik niet écht ben!'

Hij blijft weer stil. Ik word gek van hem. Hij is nog nooit zo sterk en stil geweest in zijn hele leven, waarom nu opeens wel? Waar heeft hij nu opeens al die kracht vandaan dat hij deze eigen keuze heeft durven maken? Het kan niet zijn dat die paar biertjes het opeens doen, ook al is het een lichtgewicht qua alcohol. Het is dat meisje. Zij is de schuldige. Het moet wel.

Verdomme, nu zijn mijn ogen ook glazig.

'Doe dit niet, alsjeblieft.'

'Ik wil dit niet met ruzie afsluiten. Dat is niet eerlijk na al die jaren.'

'Dit is sowieso niet eerlijk na al die jaren.'

'Begrijp me nou, alsjeblieft,' zegt hij zachtjes terwijl ik van hem wegdraai. Hij doet voorzichtig een stap in mijn richting.

'Weet je nog toen je me hielp met fietsen?'

Ik knik.

'We lieten het zien aan mijn vader en hij was helemaal trots op me. Hij vroeg me hoe ik dat zo snel kon en ik zei toen nog 'door Tim'. Hij snapte toen nog niet wie dat was.'

'Ik was erbij, maak je punt nou maar.'

'Weet je nog wat je toen tegen mij zei?'

Ik blijf stil.

'Je zei dat, nu ik kon fietsen, er een nieuw tijdperk stond te wachten. Een tijdperk waar ik doorheen kon fietsen en dus zo vrij als een vogel was. Het volgende niveau, zei je toen. Een stapje dichterbij een volwassen man zijn.'

Ik wrijf weer met mijn voet over het grind om het knarsende geluid van de steentjes te maken. Ik voel dat hij naar me staart.

'Nu staat er weer een nieuw tijdperk te wachten. Het volgende niveau en dat stapje dichterbij volwassen worden. Daarvoor moet ik jou loslaten.'

'Net als de knuffelbeer die je nu niet meer mee naar school

neemt.'

'Zoiets, ja...'

Huilen is echt voor watjes. Ik ga dat echt niet doen, maar die wind in mijn ogen zorgt wel voor erg waterige ogen. Ik draai me naar hem toe. Ook hij heeft waterige ogen en moet lachen omdat hij hetzelfde bij mij ziet.

'Klotewind,' zegt hij lacherig, alsof hij mijn gedachten kon lezen. Misschien is dat ook wel zo na zoveel jaren ingebeelde vriendschap.

Zijn telefoon gaat af. Hij checkt hem en doet hem snel weer weg.

'Melanie?' vraag ik. Hij knikt.

'Ze vraagt of ik nog wakker ben en haar wil bellen.'

'Misschien moet je dat dan even doen.'

Het is doodstil op het plein, behalve de klokken van de kerktoren die nu één keer slaan vanwege het halve uur. We kijken elkaar aan zoals we nog nooit hebben gedaan. We omhelzen elkaar.

'Ik zal je misschien nooit meer inbeelden, maar ik zal je ook nooit vergeten.'

'Daar ben ik blij mee.'

Hij maakt zich van me los en loopt richting zijn fiets die aan de lantaarnpaal vaststaat.

'Hoe gaat dit in zijn werk?' vraag ik hem.

'Ik denk dat als ik zo ga slapen, het wel gebeurt.'

'Dan blijf ik wel hier, nog even genieten van de warmte.'

'Wil je niet thuis alles nog een keer zien?'

'Nee, dit voelt wel fijn hier. Ik denk dat ik hier blijf.'

Hij glimlacht naar me en knikt. Nog net voordat hij wegfietst draait hij zich naar me toe en zwaait naar me.

'Een nieuw tijdperk,' zegt hij zachtjes. Ik glimlach.

'Een nieuw tijdperk.'

9
Op het perron met een vuilniszak

Op een stil en vervallen treinstation staat een oude man met een krulsnor. Het onkruid dat tussen de tegels op het perron groeit reikt tot boven zijn schoenen. De wind fluit hard door het hekwerk dat de halte omringt. De man, gekleed in een spoorweguniform, staat hier al een tijdje alleen te wachten. Hij kijkt op zijn horloge. De trein had hier eigenlijk allang moeten zijn, maar de oude man maakt zich niet druk. De trein komt uiteindelijk altijd en kan niet vertrekken zonder hem, weet hij.

Aan het einde van het perron komt een andere man de trap oplopen. Hij draagt een ongestreken pak met verfrommelde witte blouse en een vuilniszak in zijn linkerhand. Onverschillig sloft hij de kant van de besnorde man op zonder aandacht te schenken aan diens aanwezigheid. De besnorde man kijkt naar de zak. Er lijkt iets ronds en zwaars in te zitten maar wat het precies is ziet hij niet. Er komt een penetrante lucht uit de zak, anders dan je van huisvuil zou verwachten, denkt de besnorde man.

De onverzorgde man loopt naar het informatiebord naast de oudere man maar ziet dat het weinig zin heeft om te proberen daar iets uit op te maken. De lijsten met treintijden zijn door de zon dusdanig vergeeld dat er geen letter of cijfer meer te ontdekken is. De besnorde man staart gebiologeerd naar de vuilniszak waar de eigenaardige lucht steeds sterker uit ontstapt dankzij de warme zon die fel op het zwarte plastic schijnt. De interesse blijft niet onopgemerkt bij de eigenaar van de zak. De twee mannen kijken elkaar vluchtig aan en wisselen een vriendelijk knikje. De man met de vuilniszak neemt afstand van het bord en tuurt over het spoor om te zien of de trein er al aan komt. Hij voelt dat de besnorde man naar de zak staart, ook al staat hij met zijn rug naar hem toe. De wind suist onophoudelijk met hoge snelheid door het hekwerk.

Na een tijdje twijfelen besluit de man in uniform één stap richting de man met de merkwaardige vuilniszak te doen.

'Wat zit daar in?'

Hoewel de man met de vuilniszak deze vraag van mijlenver zag aankomen, weet hij op dit moment niet zo goed hoe hij moet reageren.

'Sorry. Te nieuwsgierig van me,' excuseert de besnorde man zich.

Met een vriendelijk glimlachje doet de jongere man het voorval netjes af en tuurt nogmaals de verte in, op zoek naar de trein die hier toch allang had moeten zijn.

De man in uniform staat minutenlang onbewogen op zijn plaats maar zijn ogen blijven gericht op de vuilniszak. Normaal is hij verre van nieuwsgierig, maar zijn gevoel schreeuwt dat er iets niet klopt. Die vorm in de zak, die geur. Opnieuw neemt hij één stap in de richting van de man.

'Excuses, maar ik moet weten wat er in die vuilniszak zit,' verklaart hij.

De onverzorgde man kijkt naar de enigszins smekende ogen van de besnorde man en zucht.

'Het is het hoofd van mijn vader,' antwoordt hij, 'ik ben nu onderweg om hem terug te brengen naar zijn rechtmatige eigenaar.' Hij draait zijn hoofd weg om opnieuw de verte in te turen, op zoek naar de trein.

De besnorde man denkt even na.

'Terugbrengen naar de rechtmatige eigenaar? Waarom is dat sowieso niet al het geval?'

De andere man haalt zijn schouders op zonder om te kijken.

'Omdat mijn vader een rotzak was. Daarom heb ik hem jaren geleden onthoofd,' antwoordt hij op zachte toon.

De man in uniform zwijgt. Zijn ogen blijven gericht op de vuilniszak. 'Onbeschofte hufter,' mompelt hij.

De onverzorgde man kijkt om en doet twee stappen richting de besnorde man. 'Zou u dat misschien in mijn gezicht willen herhalen?'

De besnorde man kijkt hem strak in de ogen aan. 'Dat je een onbeschofte hufter bent,' antwoordt hij zelfverzekerd. 'Wat voor een goddeloze klootzak moet jij wel niet zijn als je denkt het recht te hebben om je vader te onthoofden!'

De jongere man antwoordt niet en draait zijn rug naar de oude man toe.

'U komt mijn trein straks niet in,' zegt de man in uniform.

De onverzorgde man kijkt om. 'U kunt mij de toegang tot de trein niet ontzeggen.'

'Als de trein straks aankomt ben ik degene die de trein op het traject terug laat rijden. Wanneer u het waagt om in te stappen zal ik de trein niet laten vertrekken.' De oude man pakt zijn machinistenpenning uit zijn binnenzak en laat hem demonstratief aan de man met de vuilniszak zien.

'Maar dat is niet eerlijk!' zegt de man.

'Pech gehad. Uw vader onthoofden ook niet!' De machinist kijkt op zijn horloge.

De man kijkt gefrustreerd naar de machinist die hem heel bewust probeert te negeren. 'Wilt u weten waarom ik het heb gedaan?' vraagt hij.

'Nee hoor,' antwoordt de machinist die onverstoord voor zich uit kijkt.

'Hij had mijn vrouw gestolen.'

De machinist luistert maar gunt zijn gespreksgenoot geen blik waardig.

'Ik hield zo ontzettend veel van haar. Ze is de moeder van mijn kinderen en was mijn inspiratie in het leven. Ik ben namelijk schilder, ziet u, en iedere schilder heeft zijn muze nodig. Dat was mijn vrouw.'

De man pauzeert even om de reactie van de machinist te peilen. Hij ziet dat hij zijn aandacht wel heeft, maar diens ogen blijven gericht op het landschap naast het spoor.

'Mijn vader was altijd trots op me. Om mijn tekentalent en omdat ik zo'n prachtige vrouw had weten te bemachtigen. Ik was namelijk niet de enige in het dorp die zijn best voor haar deed. Hij was daar denk ik ook zo trots op omdat hij zelf erg ongelukkig was in de liefde. Mijn moeder heeft hem al lang geleden verlaten.' Hij kijkt naar de vuilniszak die nog steeds in zijn linkerhand bungelt.

'Op een dag in de herfst kwam ik vroeger thuis dan anders en trof ik mijn vrouw en mijn vader samen in bed aan. Mijn bed. Ons bed. Snapt u?'

De machinist kijkt onbewogen voor zich uit. Hij voelt mee met de man. Er ontsnapt zelfs een klein blikje in zijn richting. Maar hij herstelt zich en staart wederom in de verte.

'Dat praat nog steeds niet goed dat je hem dan maar meteen onthoofd hebt,' zegt hij zachtjes voor zich uit.

'Ik heb het niet meteen gedaan, het onthoofden,' gaat de man verder. 'Ik duwde eerst mijn vrouw de kamer uit. Daarna bood ik mijn vader de kans om het uit te leggen. Het enige wat er toen uit zijn mond kwam was gebrabbel en pure onzin.'

'Misschien kwam het alleen maar bij jou binnen als gebrabbel en onzin,' zegt de machinist. 'Misschien wel. Toen zag ik dat heel anders.' De man kijkt opnieuw naar de vuilniszak in zijn hand.

'Daarna zei ik hem dat voor mij onthoofding de enige optie was. Mijn vader snapte dit en ging akkoord. Nog net voordat ik met het scherpe mes uithaalde zei hij dat hij van me hield.' De jongeman ziet het weer voor zich. 'Sinds die tijd leeft zijn lichaam nog in mijn oude huis. Onrustig en op zoek naar zijn verloren lichaamsdeel.'

De machinist kijkt weg van het landschap en naar de vuilniszak. 'En waarom ga je nu het hoofd terug brengen na al die jaren?'

'Als ik het hoofd weer terugbreng naar zijn lichaam, kan hij eindelijk rustig gaan slapen.'

Het blijft even stil tussen de twee mannen.

'Mijn vader was geen slechte man. Dat weet ik nu. Hij was een bange onzekere man. Ik wist niet dat een vader dat ook kon zijn.'

De machinist kijkt de man aan. 'En nu? Ga je dan nu je vrouw onthoofden?' sneert hij.

De man schudt zijn hoofd. 'Nee, geen zorgen.' Hij glimlacht.

'Tien jaar geleden was ik nog niet volwassen. Ik was een kind van dertig jaar oud. Maar nu ik eindelijk ouder ben, hoop ik ook wat wijzer te zijn.'

In de verte klinkt de fluit van een trein. De man kijkt de machinist aan. 'Mag ik alstublieft instappen?'

De machinist kijkt toe hoe de trein met een hoop kabaal tot stilstand komt aan het perron. Hij opent de deur van de voorste coupé en kijkt naar de man.

'Een prettige reis meneer.'

10

De langzame stad

Een prachtig oud middeleeuws stadje, gebouwd van met de hand uitgehakt natuursteen. Het stadje ligt verscholen in de provincie en is verstoken gebleven van toerisme, schreeuwende reclameborden en moderne commercie. De hele binnenstad is geplaveid met bonkige keien, die er voor zorgen dat de authentieke stadskern vrijwel onbegaanbaar is voor voertuigen. Het enige geluid dat af en toe de rust verstoort, zijn de klokken van de kerk die krachtig door de stad galmen. Hun echo's dreunen oneindig door.

De rust komt niet alleen door het ontbreken van het lawaai van denderende voertuigen. Het komt ook door de mensen. Niet het gemis ervan - er zijn er genoeg op straat –, maar door de snelheid waarmee ze zich voortbewegen. Aanzienlijk langzamer dan gewoon, lopen de mensen over straat. Ze bewegen wel, maar zelfs de simpelste handeling lijkt een eeuwigheid te duren.

In dit stadje vol slow-motion bedrijvigheid oogt iedereen ontevreden en boos. Iedereen, behalve één man. Deze man steekt af tegen de menigte door de glimlach op zijn gezicht en de snelheid waarmee hij zich voortbeweegt. Ben is namelijk de enige persoon in deze stad die in een normaal tempo leeft.

Ben loopt over het stadsplein door de menigte. Zijn oog valt op een appel die bijna de mond heeft bereikt van een jonge vrouw. Zonder aarzeling loopt hij op haar af en grist het stuk fruit uit haar handen. Tevreden met zijn nieuwe aanwinst neemt Ben een hap uit de appel. Terwijl hij wegloopt zijn de spieren in het gezicht van de jonge vrouw druk bezig om het begin van een frons te vormen.

Ben draagt een witte pantalon en een wit colbert met daaronder een zwart V-hals T-shirt. Passende kleding, zo dacht hij, voor de zonnige weersomstandigheden van vandaag. En een heerlijke dag om te beginnen met een bezoek aan de kerktoren.

De kerk ligt aan het drukke plein en haar gigantische deuren staan altijd open. Bij de ingang staat een aantal nonnen geld in te zamelen. Aangekomen bij de kerk, kijkt Ben naar de dames. Zij kijken traag terug naar hem met angst in hun ogen. Dit komt omdat ze maar al te goed weten waartoe Ben in staat is. Met een glimlach en een grinnik zoekt hij de mooiste non uit en loopt op haar af. Hij kijkt in haar met angst gevulde ogen en streelt haar wang. Hij zoent haar vervolgens op de mond. Eerst lief en teder, daarna hardhandig en vies. Hij steekt zijn tong in haar mond en draait hem rond als een wasmachine. Terwijl hij haar zoent, gebruikt hij zijn handen om haar lichaam te betasten en onderwerpt haar aan handelingen die ze ooit voor de kerk heeft afgezworen. De bevroren non kan weinig doen tegen het vergrijp, maar haar ogen stralen haat uit. Ben stopt en laat haar los.

'Alsof je het met een standbeeld doet,' zegt hij grappend tegen haar.

Geen antwoord terug. Niet dat Ben dat verwachtte, de complete stadsbevolking is immers niet meer in te staat om te praten, maar hij vindt het fijn om toch tegen ze te blijven praten.

Ben loopt de kerk in richting de stenen wenteltrap en begint aan de honderden treden omhoog, de kerktoren op.

Boven in de kerktoren zit Ben in een nis waar vanuit de hele stad te zien is. De warme lage zon voelt heerlijk op zijn huid. Dit is één van de weinige plekken waar Ben kan genieten van de stilte. Hij neemt een hap van zijn appel en ziet beneden op het plein nog steeds dezelfde jonge vrouw staan van wie het stuk fruit oorspronkelijk was. Ze ziet er boos uit en haar arm wijst langzaam omhoog richting de kerktoren. Ben bukt zich over de balustrade en zwaait naar haar. 'Hij is heerlijk!' schreeuwt hij naar beneden. Wederom geen antwoord. Met een zucht neemt hij nog een hap van zijn appel.

Een lichte aanraking op zijn linkerschouder doet hem schrikken, waardoor hij bijna over de balustrade valt. Met een behendige zwaai van zijn bovenlichaam kan hij nog net zijn balans hervinden en houdt zich vast aan de reling. Tot zijn grote verbazing ziet hij de priester achter zich staan. De angst van zijn net voorkomen val maakt plaats voor opluchting.

'Wil je me nooit meer zo laten schrikken, oude man!' zegt hij lachend terwijl hij de priester op zijn schouder slaat. Hij kijkt nog eens goed naar de priester, die zijn handen traag richting de keel van Ben uitstrekt. Ben voelt zich enigszins verontwaardigd door deze actie. Met gemak loopt hij om de dreigende priester heen en zet het klokhuis van zijn appel op het hoofd van de kalende man.

'Zo lekker was-ie toch niet.'

Het meest recente appartement van Ben ligt midden in het centrum, maar hij verhuist met regelmaat. Dit is noodzakelijk aangezien niet alleen de priester, de nonnen en de jonge vrouw van de appel hem liever dood dan levend willen zien. Aan de muren van iedere straat en steeg in dit pittoreske stadje hangt een pamflet met zijn foto. 'Gezocht wegens ernstige verstoring van de publieke orde,' luidt het opschrift. Ben zou de pamfletten makkelijk in een halve dag allemaal van de muur kunnen halen, niemand is snel genoeg is om hem daarvan te weerhouden. Maar het feit dat zijn foto door de hele stad hangt geeft hem een vreemd soort gevoel van trots.

Hij besluit via een omweg naar huis te lopen. Zijn hoofd zit namelijk nog steeds bij de priester. Het was namelijk de priester die dit allemaal voorspeld heeft.

De dag dat het gebeurde herinnert Ben zich nog goed. Dat iedereen van de ene op de andere dag opeens langzamer bewoog. Het begon met de priester die hem de week daarvoor al had gewaarschuwd.

'Iedereen zal binnenkort krijgen wat hij verdient!' riep de priester die dag naar Ben, nadat hij tegen de oude man was opgebotst. Toen schonk Ben daar weinig aandacht aan. Hij was te druk bezig met genieten van het leven in het toentertijd bruisende stadje. Ben was namelijk een erg sociaal mens. Zo zag hij zichzelf, tenminste. Hij hield van feesten, vrijen en van luide muziek. Hij had het minder op met hard werken en rekening houden met anderen. Eigenlijk houdt hij nog steeds van luide muziek.

Toen hij die noodlottige dag wakker werd was het al laat. Tenminste, dat moest haast wel. Hij was die avond daarvoor weer eens flink doorgezakt – in zijn eentje – en herinnerde nog dat hij de zon had zien opkomen voor hij in slaap viel. Maar toen hij die ochtend uit zijn raam naar de klok op de kerktoren keek, zag hij dat allebei de wijzers kaarsrecht naar boven wezen. Twaalf uur pas? Dat kan niet kloppen, dacht hij. Ben slaapt namelijk meestal tot de namiddag uit.

Die middag ontdekte Ben de verandering in de stad. De stilte op straat gaf hem kippenvel. De klokken die allemaal precies op het middaguur stilstonden maakten hem gek en het ergste van alles was, vond hij, dat er niemand was waar hij mee kon praten. Zijn buren klaagden niet meer over zijn late binnenkomst of zijn luide muziek en hij werd op straat niet meer uitgescholden door de zoveelste scharrel die hij niet had teruggebeld. Was dit wat de priester bedoelde, dacht hij? 'Waarom is de hele stad gestraft, behalve ik? Waarom ben ik gespaard gebleven?'

Sindsdien heeft Ben leren leven met alleen zijn. Hij blijft tegen mensen praten, ook al praten ze niet terug, omdat hij dat fijn vindt. Het houdt hem scherp, houdt hij zichzelf voor.

Ben wordt onderbroken in zijn gedachten wanneer hij bijna bij zijn appartement is aangekomen. Aan zijn voordeur staat een groepje mensen hun best te doen om de deur te forceren. Omdat ze uiterst traag en druk bezig zijn met de deur, hebben ze Ben gelukkig nog niet opgemerkt. Dit keer hebben ze hem best snel gevonden, hij woonde nog maar net in dit appartementje en het zag er naar uit dat dit zijn favoriet werd. De menigte blokkeert de hele straat ter hoogte van zijn voordeur. Ben kijkt naar de eerste verdieping waar zijn balkondeuren gelukkig nog open staan. Na een korte inschatting van de situatie weet hij handig en ongezien op zijn balkon te klimmen via een paar kratten en de regenpijp van de naastgelegen gevel.

'Zonde om weer te moeten verhuizen,' zegt Ben tegen zichzelf. Zijn appartement is klein maar erg licht dankzij de vele ramen. Ben richt zijn woningen steeds op een andere manier in en het is deze keer, vindt hij zelf, erg goed gelukt. Het heeft met deze decoratie iets zomers.

Ben verzamelt sinds de dag dat het normale tempo uit de stad verdween, alles wat met tijd te maken heeft. Hij weet dat het enigszins naïef is maar toch koestert hij de stille hoop om ergens nog een werkend klokje te vinden. De muren zijn allemaal al in de eerste week volgehangen met een verzameling van koekoeksklokken. De boekenkast bevat geen enkel boek maar is tot de nok toe gevuld met horloges. De dure gouden exemplaren vindt hij het leukst om te stelen van zijn stadsgenoten en krijgen de beste plek in de boekenkast. Zijn keuken hangt vol met oude jaarkalenders, allemaal gevuld met aantekeningen, verjaardagen en afspraken van de originele eigenaren.

Ben loopt zijn slaapkamer in die, in zwaar contrast met de rest van zijn appartement, helemaal leeg is op het bed na. Het dekbedovertrek heeft dezelfde steriele witte kleur als de muren en het plafond van de kamer. Één van de kale muren is gevuld met strepen, netjes geturfd in groepjes van vijf. De wand is al bijna helemaal vol. Ieder appartement dat hij bezet krijgt zo'n muur en hij houdt goed bij hoeveel streepjes er dan op moeten. Met tegenzin pakt Ben de zwarte markeerstift die op de grond ligt en maakt het volgende groepje van vijf compleet. 'Zoveel dagen alweer?', zegt hij tegen zichzelf, 'nou, gefeliciteerd met je jubileum, Ben.'

Hij staat op en kijkt van een afstand naar de muur. Deze muur houdt Ben al tijden in zijn greep. Soms is Ben blij met de houvast aan realiteit die het biedt en soms lijkt het alsof de muur hem uitlacht. Op dat soort momenten haat Ben de muur.

'Ze leven wel...'

Ben heeft vaak moeite zichzelf te geloven tegenwoordig. Hij begint tegen de muur te trappen en te slaan, zo hard en zo lang als hij kan. Hij gaat door tot hij alle energie uit zijn lichaam heeft geslagen en laat zichzelf dan tegen de muur zakken.

'Ze leven wel...,' zegt hij nogmaals hard op. Hij slaat met zijn vuist tegen de muur. 'Ze leven wel!' schreeuwt hij.

De klokken echoën wederom door de stad. Ben is het gewend dat deze klokken twee keer per dag te horen zijn. Het klokgeluid is meestal niet erg ritmisch. Maar dit keer klinkt het anders. De klokken gaan tekeer zoals ze horen te luiden, zoals hij ze herinnert van vroeger. Ben luistert nog eens goed. Hij hoort nog iets anders. Een geluid dat hij al lang niet meer heeft gehoord. Stemmen van mensen. Het geschreeuw van een menigte is duidelijk hoorbaar. Ben kan zijn oren niet geloven. Hij staat op en rent naar het raam. Daar ziet hij voor het eerst sinds jaren een compleet ander straatbeeld! De stad lijkt op het eerste gezicht vrijwel leeg maar de straat voor zijn huis is vol met mensen! Ongeloof en blijdschap vervullen zijn gezicht. Gedachtes schieten razendsnel door zijn hoofd. Zal hij dan eindelijk weer met mensen kunnen praten? Met ze kunnen lachen, praten, feesten en met de mooiste dames vrijen?

Er wordt gebonkt op zijn voordeur. Ben hoort het en springt zo snel mogelijk op om naar de deur toe te rennen. Hij kan niets tegen de glimlach doen op zijn gezicht. De stilte die hij nu al jaren heeft moeten verduren is eindelijk verbroken door een chaos aan geluiden.

Wanneer Ben de deur open doet verdwijnt zijn glimlach. Voor zijn neus staat een menigte met een blik die kan doden. De mannen en vrouwen in zijn voorportiek hebben wapens bij zich, verschillend van messen tot scheppen en zelfs hooivorken.

'Alleen de fakkels missen nog,' zegt Ben lacherig. Maar zelfs nu de mensen levendiger zijn krijgt hij geen antwoord. De menigte staart hem aan terwijl de achtersten proberen voor te dringen. De uitdrukking op zijn gezicht slaat om naar angst. Een keukenmes ketst tegen de muur naast het hoofd van Ben. Wie het gooide weet hij niet. Als verlamd blijft hij staan.

'Alstublieft,' stamelt hij, 'zie het ook van mijn kant. Zo lang alleen en toch ook weer niet. Snapt u?'

De menigte dringt nog verder naar voren en maakt aanstalte om Ben vast te grijpen. Hij gooit zo snel hij kan de deur weer dicht en doet hem op slot. Achter hem voelt hij de menigte tegen de deur duwen.

'Kom eruit, monster!' roept een van de mensen achter de deur. De eerste verstaanbare woorden die hij sinds lange tijd hoort.

'Monster...,' herhaalt Ben zachtjes. 'Wanneer is dit gebeurd?'

Het hout van de voordeur kraakt. Ze zijn er bijna doorheen. Ben rent snel naar zijn balkon en kijkt naar buiten. De hele straat staat vol met mensen die maar één doel voor ogen hebben. Gelukkig zijn ze daardoor allemaal gefixeerd op zijn voordeur.

Ben klautert ongezien vanaf zijn balkon naar beneden en loopt zo snel hij kan weg van de woedende menigte. Op een veilige afstand kijkt hij naar de mensen. Ze zijn vervuld met haat en woede. Dit is niet wat hij wilde. Dit is niet wat hij ooit bedoeld had.

Dan ziet een aantal mensen van de menigte hem staan. 'Daar is-ie!' Ben schrikt en rent richting het plein.

Wanneer Ben bij het plein aankomt beginnen de klokken opnieuw te luiden. Zo snel achter elkaar is hij het geluid niet gewend. Zijn hart klopt in zijn keel als hij ziet dat het plein ook gevuld is met mensen die zijn veranderd van schildpadden in vossen die hem willen opjagen als een haas. Hij rent over het plein en ontwijkt ze één voor één, iets dat nu veel meer moeite kost dan vroeger. Dezelfde mensen die hij altijd als tamme spoken beschouwde zijn nu levendig en gevaarlijk.

Het lukt Ben om zonder kleerscheuren het plein over te steken, maar de gehele stad weet nu wel waar hij naartoe vlucht; de kerktoren. Ben rent de kerk binnen waar de nonnen hem nu grijnzend aanstaren. Hij hoort de klokken steeds harder luiden terwijl hij de trappen oprent. De menigte zit hem nu op de hielen en er is geen weg terug. Hijgend bereikt hij de top van de toren en gooit de zware deur van het traphuis achter hem dicht en laat de dwarsbalk zakken om de deur te barricaderen. Hij probeert op adem te komen terwijl hij op de stad uitkijkt. Een massa mensen bevindt zich nu op het plein. Ze kijken en wijzen naar hem. Sommigen schreeuwen iets in zijn richting, maar Ben kan zich niet genoeg concentreren om te verstaan wat ze zeggen. Hij gaat op zijn vertrouwde plekje in de nis zitten en kijkt met ongeloof naar de mensen.

'Monster...,' herhaalt hij opnieuw. 'Wat gebeurt hier in godsnaam? Wie doet mij dit aan?! Wie?! Kom dan tevoorschijn!'

Hij hoort dat de menigte nu ook bovenaan de trap is aangekomen en dat men probeert de toegangsdeur te forceren. Met tranen van angst en verwarring kijkt hij naar de deur van waarachter zoveel geweld vandaan komt.

'Was dit het allemaal waard?' hoort hij plots een donkere stem zeggen.

Ben kijkt op en ziet de priester voor hem staan. Hij staat op en kijkt hem in de ogen.

'Is dit wat je toen bedoelde?'

'Je hebt jezelf laten gaan, Ben. Je hebt je moraal laten wegglippen. Moraal, waarvan je al zo weinig bezat.'

Ben kijkt de geestelijke strak aan.

'Ik was de enige normale mens in deze stad, maar het voelde alles behalve normaal of menselijk!'

'Dat geeft je niet het recht om misbruik te maken van anderen.'

Ben zwijgt even en kijkt weer naar het volle stadsplein. De priester gaat door.

'Ook toen je nog wel samenwoonde met al deze mensen was je zo. Ik had je beloofd dat iedereen zou krijgen wat hij of zij verdiende.'

Ben draait zich woedend terug naar de priester.

'Waarom werd iedereen in deze stad dan gestraft behalve ik?!'

De priester kijkt Ben diep in de ogen.

'Voor wie was deze straf, denk je?'

Ben gelooft zijn oren niet. Hij kijkt vol ongeloof naar het plein dat gevuld is met zijn stadsgenoten.

'Ik heb hier al die jaren in eenzaamheid gewoond.' Ben denkt diep na en het lijkt alsof alle puzzelstukjes in zijn hoofd eindelijk op de juiste plek vallen.

'Ik wilde nooit iemand anders pijn doen. Het gebeurde gewoon.'

De priester kijkt Ben aan.

'Waarom duurde het zo lang om dat in te zien?'

Ben haalt zijn schouders op.

'Geen idee,' antwoordt hij. Door een harde beuk op de zware deur breekt de dwarsbalk bijna in tweeën. Ben en de priester kijken naar de deur. Het zal nu niet lang meer duren voor ze er door zijn. Ben kijkt de priester aan. Zijn ogen stralen voor het eerst iets zachts uit. Alsof er iets in Ben is afgeremd.

'Misschien val ik wel heel langzaam,' zegt hij zachtjes.

'Misschien,' antwoordt de priester.

De dwarsbalk breekt en de toegangsdeur vliegt open.

'Daar is-ie!' schreeuwt één van de voorste mannen. Ze twijfelen geen seconde en rennen op hem af. De priester neemt afstand en kijkt toe hoe Ben door de woedende mannen en vrouwen over de rand wordt geduwd. Ben sluit zijn ogen en valt met menselijke snelheid naar beneden. Het plein staat vol met toeschouwers die ademloos toekijken hoe Ben's lichaam met een dof geluid de grond raakt.

Het blijft even stil op het hele plein. Alle mensen kijken roerloos naar het zielloze lichaam van Ben. Vanaf de verre hoek van het plein komt de jonge vrouw van de appel aangerend. Ze knielt neer naast Ben en probeert hem in de ogen te kijken. Ze voelt zijn pols en ziet dan langzaam de ogen van Ben open gaan. Ze graait in haar tas en haalt een andere appel tevoorschijn. Ze houdt hem voor de ogen van Ben.

'Had het gewoon gevraagd. Ik had hem je met alle liefde gegeven.'

De spieren in het gezicht van Ben doen hun uiterste best om een beginnend glimlachje te vormen.

11
Show-Time!

Daar lopen ze. Precies volgens de beschrijving. Zij is erg aantrekkelijk, denk ik. Ik kan het niet zo goed zien door alle lagen make-up waarmee ze denkt haar schoonheid op te waarderen. Ze draagt een bontjas, waarschijnlijk een echte en zo groot dat ze er haast in lijkt te verdrinken. Hij had zichzelf wat meer opgehemeld dan hij in werkelijkheid kan waarmaken. Hij sms'te dat hij slank was, maar hij is vel over been. Hij vertelde dat hij lang was, maar hij is slungelig.

'Hou me vast,' gebiedt ze de jongen zonder hem aan te kijken. Hij twijfelt geen seconde en drapeert zijn arm om haar trillende lijf heen. Het lijkt niet veel te helpen. Eén ding uit zijn sms'je klopte wel: zij is overduidelijk boven zijn niveau.

Het is een drukke avond in de stad. Uitgaansavond. Ik blijf lekker ver van het centrum af, minder gevaarlijk werkterritorium. Minder debielen op straat waar ik rekening mee moet houden.

'Je bent veel te warm,' merkt het meisje geërgerd op en maakt zich los van de teleurgestelde jongen. Veel ongemakkelijker kan het niet meer worden tussen het liefdevolle stel, maar ik wacht nog even wat langer. De aandacht van het meisje wordt getrokken door een langwerpig voorwerp dat op magische wijze is ontstaan in de broek van de jongen. Vol ongeloof kijkt ze naar hem. Ze wijst er zelfs naar.

'Is dat een-?'

Ik besluit dat het pijnlijk genoeg is geworden en spring vanuit de steeg tevoorschijn. Met één soepele beweging trek ik mijn pistool uit mijn binnenzak. Show-time.

'Handen omhoog!'

Angstig kijken ze op. Slim genoeg om te gehoorzamen zijn ze nog niet. Ik roep nog een keer, nu harder.

'Handen omhoog, godverdomme!'

Ze gehoorzamen.

'Alstublieft, doe ons niets. Ik ben te jong en te mooi!' smeekt het opgemaakte monster.

De jonge slungel laat per ongeluk een glimlachje zien, ik corrigeer zijn fout door mijn pistool in zijn neusgat te duwen.

'Allebei bekken dicht en doe wat ik zeg!' schreeuw ik terwijl ik de jongen een knipoog geef. Tijd voor de volgende stap. Tijd om een held te wezen, slungel! Hij lijkt het niet te zien. Hij lijkt daadwerkelijk bang. Hij weet toch waar we mee bezig zijn? Ik probeer het nog eens, maar iets duidelijker. Weer geen reactie.

'Wat moeten we dan doen?' vraagt de lopende bontjas na een lange stilte.

Hij gaat het toch niet nu verpesten, hoop ik? Ik heb hem tot twee keer toe het teken gegeven! Ik kijk hem in de ogen aan, maar hij lijkt het zowaar echt vergeten. Dit is, denk ik dan, de definitie van een rasidioot. Het meisje kijkt mij nog steeds hopeloos aan, de mascara rond haar ogen is volledig doorgelopen.

'Geef je portemonnee! Nu!' roep ik maar, met mijn ogen gericht op de wandelende tak. Maar hij heeft nog steeds niets door. Hij geeft gewoon zijn portemonnee! Het meisje gehoorzaamt eveneens door haar met diamanten ingezette clutch voor mijn voeten te leggen en begint keihard te janken. Exact de reden dat ik zo ver uit het centrum wil werken, om dit soort schreeuwende eierstokken.

'Die is heel veel geld waard! Dus laat ons nu alstublieft gaan!' piept ze. Ik had het graag gedaan, plamuurlaag. Maar de jongen doet nog steeds niets! Ik kijk naar de clutch die samen met de portemonnee op de grond ligt en denk er zelfs even over na om deze twee idioten gewoon echt te beroven. Het is duidelijk dat ze het verdienen. Maar ik besluit de jongen nog één kans te geven om onze afspraak na te komen.

Ik buk voorover om de spullen op te pakken en blijf daar even hangen. Dit is een perfecte positie om mij nu heel hard in mijn gezicht te trappen. Ik blijf gebukt, maar richt mijn hoofd omhoog om met de jongen oogcontact te maken. Einstein staat nog steeds met zijn handen in de lucht en zijn ogen naar voren gericht. 'Pssst,' fluister ik onder haar gejank door. Hij kijkt omlaag. Ik gebaar met mijn hoofd om te suggereren dat hij mij voor mijn gezicht moet schoppen. Hij snapt het! Hij knikt met een domme grijns op z'n gezicht en knipoogt. Eindelijk, slimmerik.

'Dit gaat niet gebeuren, mafkees!' roept hij heldhaftig, als een ware superheld, en trapt mij in mijn gezicht zo hard hij kan. Mijn hoofd vliegt naar achteren en raakt met een doffe klap de straatstenen. De schop was nou niet zo denderend maar ik help de cliënt altijd graag een handje. Hij springt meteen op mij en slaat er heftig op los, met mijn hoofd als boksbal gebruikend. Goed zo, Rocky.

Na een flink aantal slagen houd ik mijn handen voor mijn gezicht en begin te jammeren.

'Alsjeblieft, stop! Stop! Het spijt me!' smeek ik. Ik tril zo zichtbaar mogelijk met mijn armen van angst. Daar ben ik goed in.

De lange slungel staat op en kijkt zelfvoldaan naar de schade die hij heeft aangericht. Het is hem ook niet onopgemerkt gebleven dat het meisje achter hem staat te stralen van trots. Waarschijnlijk zit er ook een hoop geiligheid in. Dat is altijd zo bij dit soort meiden. Misschien is dat gevoel onlosmakelijk verbonden met de trots die je voelt wanneer jouw date een overvaller in elkaar slaat. Ze springt op en neer naast de spillebeen.

'Je bent mijn held!' roept ze terwijl de jongen gehypnotiseerd naar haar op en neer bewegende boezem staart. Ze grijpen hun spullen en lopen weg maar niet voordat de lopende make-updoos nog even in mijn gezicht spuugt.

'Zullen we nog even een drankje bij mij thuis doen? Om mijn leven te vieren?' hoor ik haar nog zeggen.

'Klinkt goed,' antwoordt hij zelfverzekerd.

Ik blijf nog even op de grond liggen om de klus goed af te maken. Wanneer ze uit het zicht zijn sta ik moeizaam op. Hoe zwak de minkukel ook was, het doet toch behoorlijk pijn.

Nu volgt de standaard zelfdiagnose. Ik check mijn ledematen op bloed of pijnlijke plekken. Het valt mee, hooguit wat blauwe plekken de komende dagen. Ik check mijn gebit, tand voor tand. Je weet maar nooit. Met verrassend gemak, maar zeker niet zonder pijn, trek ik mijn snijtand linksboven uit het tandvlees. Dat kost weer een tandartsbezoek.

Ik hoor het berichtsignaal van mijn telefoon afgaan. Ik duw met net zoveel pijn mijn tand terug in zijn plek.

'Geweldig! We zijn nu bij haar binnen! Ik denk dat het eindelijk gaat lukken vanavond! Het geld staat morgen op je bankrekening. Hartstikke bedankt! Gr. Stefan,' staat in het sms'je.

Mooi, weer een tevreden klant. Weer de zoveelste zielige ziel geholpen. Stelletje sneue mafkezen. Het zou je nog verbazen hoe hard sommige van die jongens uiteindelijk kunnen slaan. Alsof er iets in ze vrijkomt.

Dan gaat m'n telefoon. Ik neem op.

'Hallo? Is dit de Casanova?'

'Spreek je mee.'

'Oh. Hallo! Ik vroeg mij af of het voor jou misschien mogelijk zou zijn om mij te helpen?'

'Wanneer?' Ik pak mijn agenda uit mijn broekzak.

'Over een half uurtje?'

'Nee, ik werk nooit op zulk kort termijn. Te gevaarlijk.'

'Alstublieft, ik ben wanhopig. De date gaat niet zo goed en ik moet écht van die maagdelijkheid af!'

Het is er zó eentje. Ik lach.

'Is goed, ventje. Ik help je wel. Wees op tijd en loop langs de Dompelpotsteeg.'

'Eigenlijk hoopte ik dat je wellicht wil afspreken bij de Buñuelstraat?'

Ik moet nog harder lachen.

'Wat denk je nou zelf? Dat is midden in het centrum. Te gevaarlijk.' Ik wil ophangen, maar zijn luide gejammer weerhoud mij om het door te zetten.

'Alstublieft, meneer! Ik zal het u de moeite waard maken! Ik zal het driedubbele betalen!'

'Het is een te groot risico.'

'Alstublieft...' klinkt er verdrietig aan de andere kant van de lijn. Geen greintje menselijkheid overgebleven. Zielig hoopje stront. Daar kan je dan toch geen nee tegen zeggen?

'Maak het geld nu meteen over en wees geen seconde te laat.'

De stem aan de andere kant van de lijn slaakt een meisjesachtige kreet van geluk. Ik vraag hem hoe ik hem en zijn date kan herkennen en ga op pad.

Onderweg naar de locatie sms ik hem de instructies, maar voordat ik op 'verzenden' kan klikken, word ik weer gebeld. Geen onbekend nummer dit keer. Ik neem op.

'Mam, wat heb ik gezegd over bellen op dit tijdstip?'

'Ik weet het, Frank. Dat is ook de reden dat ik je bel, jongen.'

'Niet weer, mam.'

'Stop hier mee. Nu meteen. Je vader zou zich omdraaien in zijn graf en dat weet je best!'

'Mam, ik doe goed werk. Ik help mensen hiermee.'

'Maar zelf bereik je er geen klap mee! Je hele zelfrespect – en die van mij, trouwens – gooi je hiermee dagelijks uit het raam.'

'Maar mam...'

'De meeste mensen die zoiets doen zorgen ervoor dat het iets heldhaftigs is. Dit is toch te zielig voor woorden, jongen!'

'Ik doe het omdat het goed voelt, mama. Niet voor mij, natuurlijk. Voor mij doet het meestal heel veel pijn, maar iemand anders voelt zich er goed door, mama! En ik heb het geld nodig!'

'Jij bent mijn zoon niet meer, slappe zak!'

'Ik vind dit niet eerlijk, mama!' roep ik nog, maar ze hangt al op. Dat doet ze altijd. Ongelooflijk irritante eigenschap. Ik stuur het smsje naar de volgende "held" en loop door.

Ik lijk wel gek, op zo'n drukke plek aan het werk gaan. Niet dat er iemand in deze stad is die er iets tegen zou doen. Deze hele stad lijkt bevolkt met watjes en zwakkelingen. Maar goed, geeft mij een heleboel potentiële klanten.

Ik krijg een berichtje binnen. Show-time.

Ik zie ze al lopen. Een fragiel uitziende jongen met een jaren '70 bril en een blonde meid naast hem. Enigszins geschrokken kijk ik nog eens naar de blonde meid. Hij had er niet bij vermeld dat ze gigantisch is. Zijn lichaam past pakweg vijf keer in dat van haar en alleen al haar onderkin is zo groot als zijn hoofd. Het moet je type maar zijn, denk ik.

Dat mag de pret niet drukken. Ik trek het pistool uit mijn binnenzak en spring voor het lieftallige koppel.

'Handen omhoog!' schreeuw ik. De jongen gilt zo hoog als hij kan en steekt zijn handen in de lucht. Ik kijk naar de forse jongedame en richt mijn pistool op haar eerste onderkin.

'Jij ook! Nu!' Ze staart mij aan met haar kleine kraalogen, maar luisteren doet de wandelende walvis niet.

'Zit er ook vet in je oren? Handen omhoog!' Ze doet nog steeds niets behalve mij ijzig aanstaren. Mijn handen beginnen te trillen.

'Doe het nou, grote koe!' schreeuw ik. Het magere scharminkel kijkt angstig naar zijn kolossale vriendin. Ik doe een stap vooruit. 'Dit ding is geladen, begrijp je dat? En het kan ook door al die lagen vet schieten!' Ik neem nog een stap vooruit naar het domme wicht. Maar nog voordat mijn voet de grond raakt, slaakt zij een oerkreet als een echte krijger en springt op mij af. Haar volledige massa vliegt gracieus door de lucht mijn richting op. Ze schiet razendsnel door de lucht en blaast daarbij haar date omver.

Met veel geweld ramt haar lichaam tegen dat van mij op. Ik vlieg een aantal meter door de lucht met haar aan mij vastgekleefd, waarna ik op de grond knal en word platgedrukt als een tube tandpasta. Ik voel mijn longen inklappen terwijl mijn overige organen een weg uit mijn lichaam zoeken.

De brillenjongen gilt wederom van de angst.

Wanneer het grote gevaarte langzaam van mij afkantelt, worden direct inwendige bloedingen voelbaar. Dit keer zijn het niet alleen gebroken botten, een missende tand of blauwe plekken. Ik moet naar een ziekenhuis. Met het oog dat nog wel open gaat, kijk ik naar de magere jongen.

'Bel een ambulance,' krijg ik er nog zwakjes uitgeperst. De jongen staart met grote ogen over mij heen. Ik volg zijn ogen en zie waarom hij zo bang kijkt. Een groepje vrouwen komt onze kant opgerend om steun te verlenen aan Prinses Maatje Meer. Achter hen sjokt een groepje spillebeentjes aan, ik herken ze direct. Aan ieder van hen heb ik wel eens mijn services verleend.

'Hij probeerde ons te overvallen!' roept tientonner die mij

zojuist heeft vermorzeld en de souplesse ontbreekt om zelf op te staan.

'Ja, ik herken hem ook!' hoor ik één van de andere krengen roepen. De meidengroep twijfelt geen seconde en begint mij aan te vallen. Door het geluid van zwaaiende tassen en schreeuwende vrouwen, hoor ik af en toe een verdwaalde hoge mannenstem. Maar geen van de watjes die toekijken durft de vrouwen te vertellen hoe het zit. Natuurlijk niet.

Ik ben nog maar nauwelijks bij bewustzijn wanneer de vrouwen stoppen met slaan en schoppen. Een aantal meiden helpen de menselijke planeet omhoog.

'Zo dat zal je leren!' zegt ze terwijl ze haar balans zoekt op haar pilaarachtige benen.

'Slechte man die je er bent!' voegt een ander toe. De vrouwen gebaren ieder hun eigen zwijgzame jongeman om mee te gaan. Iets waar ze allemaal zonder tegensputteren in toestemmen.

En ik, ik lig hier nog steeds. Ik vraag me af of ik het überhaupt wel ga overleven. Vanuit de verte kijkt de jongen met de antieke bril nog een keer om. Ik vraag me af of hij mij wel heeft betaald.

Show-Time.

12
Tobias en Nero

'Hij liep rustig het plein op en begon om zich heen te schieten! Alsof het doodgewoon was! Het gillen van de mensen deed hem helemaal niks!' roept Tobias vanuit de lege kamer om de hoek van waar Timo staat.

Tobias heeft zijn pistool op de deuropening gericht, klaar om te schieten. Timo is niet van plan uit te proberen of hij ook op hem echt zou schieten. Broers schieten immers niet op elkaar maar in deze situatie durft hij nergens meer op te vertrouwen.

'Ik snap het, Toby. Schuif alsjeblieft het pistool naar mij toe.'

'Nee, want dan ga je mij inrekenen. Ik heb niks gedaan!' antwoordt Tobias en hij heeft gelijk. Timo is van plan hem meteen te arresteren en te laten opsluiten.

'Luister naar me, Toby. Dat is het beste voor iedereen. Dat snap jij toch ook wel?' probeert hij voorzichtig.

Tobias slaat gefrustreerd tegen de stenen vloer. 'Maar ik heb niks gedaan! Hij was het!' smeekt hij.

Het was wel Tobias die het bloedbad had veroorzaakt. Hij was het wel maar tegelijkertijd ook weer niet.

Timo weet ook niet zo goed meer wat hij met deze situatie aan moet.

'Toby, je hebt een probleem. Laten we er samen aan werken,' probeert hij benaderend.

'Mijn probleem is die kogel in mijn voet!' schreeuwt Tobias terug.

'Ja en door wie komt dat, Toby?' grijpt Timo meteen aan om zijn argument te versterken. 'Niet door mijzelf! Ik heb niet in mijn eigen voet geschoten!'

'Jawel, Toby. Dat heb je wel gedaan.'

'Nee! Hij heeft dat gedaan!'

'Toby, wees nou eens een vent en erken het gewoon!'

'Ik wil niet opgesloten worden, Timo...'

Timo zucht. Dit keer is Tobias te ver gegaan. Vroeger was het onschuldig en alleen heel erg vreemd te noemen, maar deze keer heeft het mensenlevens gekost. Zelfs hij kan nu niet meer voor zijn broer in de bres springen.

'Ik snap het, Toby.'

Timo kijkt uit het raam links van hem. Het is inmiddels al donker buiten. Hij kan niet voorbij de deuropening en zit vast aan het einde van de gang. Zijn dienstwapen is in handen van Tobias. Het is hetzelfde wapen waarmee de mensen die middag dood zijn geschoten. Zijn portofoon ligt nog in zijn patrouillewagen die hij door het raam kan zien staan. Hij kan alleen maar hopen dat zijn collega's zullen opmerken dat hij al een tijdje niets gemeld heeft over de radio. Het hele bureau is nu ongetwijfeld op zoek naar Tobias en bezig de hele stad uit te kammen.

Aan de andere kant van de muur tilt Tobias zijn gewonde voet op en verplaatst hem uit het plasje bloed waar het nu al een tijdje in ligt. Hij ademt onregelmatig en zit tegen hyperventileren aan. Hij is bang. Hij verdient dit niet. Hij heeft geen controle over die andere kant van hem en het is vaak genoeg sterker dan hemzelf. Tobias heeft hem zelfs een naam gegeven om beter met hem om te kunnen gaan. Hij noemt hem Nero. Zo heette de valse hond die hun vader had toen ze nog klein waren. Tobias had een hekel aan zowel die hond als aan hun vader. Misschien heeft dat ook te maken met het feit dat hij ons verliet vanwege de aandoening van Tobias.

Tobias heeft zelf vaak Nero toegelaten in de hoop dat hij zich daarna voldaan terug zou trekken. Maar het lijkt er op hoe vaker hij Nero toelaat, des te meer Nero wil. Soms wordt Nero boos op Tobias als hij niet wordt toegelaten in diens hoofd. En hij kan hem dan ook pijn doen. Met een korte maar ontzettend pijnlijke steek door zijn hoofd straft hij Tobias als hij tegenwerkt.

'Help me, Timo. Alsjeblieft. Smokkel me de stad uit,' smeekt Tobias.

Timo blijft stil. Hij blijft stil, omdat hij ook niet weet wat hij moet doen in deze situatie. 'Toby, je moet geholpen worden. In een veilige omgeving. Waar Nero ook ongevaarlijk is.'

'Nero is nu weg! Snap dat dan! Dit was zijn laatste actie. De kroon op zijn werk! Hij is weg nu! Ik ben nu alleen!' schreeuwt Tobias. 'Ik ben nu alleen...'

Timo kijk naar buiten en ziet twee van zijn collega's bij zijn auto staan. Ze inspecteren de auto en zoeken naar een teken van leven van hun collega. Timo probeert hun aandacht te trekken door heftig te zwaaien voor het raam, maar het is te donker in het verlaten appartementencomplex waar hij en Tobias zich in bevinden.

'Ik verlies veel bloed, Timo!' roept de bange Tobias.

'Ik kan je niet helpen, Toby. Je hebt mijn pistool gestolen. Je hebt mensen vermoord.'

Het blijft even stil tot er plots een pistoolschot klinkt door het gebouw. Er schiet een kogel langs het hoofd van Timo dwars door de ruit waar hij nog kort daarvoor stond te zwaaien.

De twee politieagenten buiten duiken direct weg achter de patrouillewagen. Timo laat zich zo snel mogelijk op de grond vallen.

'Timo? Shit! Sorry!' roept Tobias vanuit de kamer.

Timo staat op en grijpt naar zijn oor waar hij nu alleen nog een hele harde piep mee hoort. In zijn ooghoek ziet hij het wapen in de deuropening liggen. Hij loopt de kamer in en pakt het pistool op. Hij ziet Tobias in de verste hoek op de grond zitten met een geschrokken uitdrukking op zijn gezicht.

'Het was een ongelukje! Ik wou me juist overgeven en aan jou het pistool geven maar toen ik hem gooide ging hij af! Sorry! Ik wilde echt niet op je schieten!' huilt Tobias.

'Sorry?! Idioot die je bent!'

Timo checkt het magazijn van zijn pistool terwijl hij op Tobias afloopt. Hij slaat hem in zijn gezicht.

'Ik had bijna een kogel in mijn kop! En dat is dodelijker dan in je voet, Toby!'

Tobias stopt met huilen en kijkt Timo smekend aan.

'Alsjeblieft, Timo. Help me de stad uit en je zult me nooit meer zien. Niemand zal me ooit nog zien. Maar laat me niet in de gevangenis terechtkomen. Alsjeblieft...'

Timo kijkt hem in zijn ogen. Hij is één van de weinigen die met Tobias kan omgaan en niet bang is voor Nero. Hij is er altijd voor ze geweest. Het instinct van de grote broer.

'Timo? Ben je hier?' roept één van zijn collega's. Timo kijkt de gang in en ziet de lichtstralen van zaklampen bewegen aan het einde van de gang. Timo houdt zijn adem in en kijkt naar Tobias.

'Alsjeblieft, Timo...'

'Timo! Meld je, nu!' roept de andere collega.

Timo kijkt naar zijn kleine broertje. Met moeite tilt hij Tobias overeind en laat hem leunen op zijn schouders. Ze horen de twee collega's van Timo langzaam de trap oplopen richting hun verdieping.

Hij kijkt om zich heen en ziet achter hem het kapotgeschoten raam. Hij zet Tobias tegen de muur en kijkt door het raam naar beneden. Te hoog om je gewoon naar beneden te laten vallen, maar als ze zich met wat moeite heen en weer kunnen slingeren zouden ze misschien wel de afvalbak die schuin onder het raam staat redden. Hij kijkt de gang in en ziet dat de politieagenten de gang al hebben bereikt. 'Timo? Ben jij dat?' roept één van de agenten in de verte.

Timo grijpt Tobias bij zijn arm en trekt hem naar het raamkozijn. Tobias verliest zijn evenwicht en steunt met zijn volle gewicht op de bloedende voet. Hij schreeuwt het uit van de pijn.

'Wie is daar? Handen omhoog!' roept één van de twee agenten vanuit de donkere gang. De lichtstralen komen sneller dichterbij. Timo duwt Tobias naar het raam. 'De afvalbak!' fluistert hij.

Tobias klimt met veel moeite uit het raamkozijn en begint met zijn hele lichaam heen en weer te slingeren. De politieagenten komen steeds dichterbij. Timo ziet zijn broer het kozijn loslaten en met veel herrie in de afvalcontainer vallen. Hij klimt zo snel hij kan door hetzelfde raamkozijn.

'Timo? Ben jij daar nou?' roept de voorste collega. Het is nog steeds te donker om op te maken of ze hem herkennen of niet. Maar ze komen nu wel erg dichtbij. Na een korte aarzeling grijpt Timo zijn pistool en vuurt twee maal boven het hoofd van de agenten. Terwijl de agenten zichzelf op de grond laten vallen laat Timo zich zakken uit het raamkozijn en springt in de afvalcontainer.

Tobias is al naar de politieauto gehinkeld. Timo volgt het bloedspoor van zijn broer naar zijn auto terwijl hij met de afstandsbediening de sloten open klikt. Hij stapt snel in en start de auto. Hij kijkt naar het gebroken raam en ziet daar de twee agenten staan. De straatverlichting schijnt fel in zijn gezicht. In de ogen van zijn collega's ziet hij dat ze hem herkend hebben. Met piepende banden rijdt hij weg, zo snel hij kan.

In de auto blijft het een lange tijd stil tussen de twee broers. Ze horen op de politieradio nerveuze instructies aan alle dienstwagens op de weg. Timo zet de radio uit. Hij kookt van binnen. Hij kan niet meer terug en weet dat maar al te goed. Dit allemaal voor zijn broer die onschuldige mensen van het leven heeft beroofd. Tobias herkent de blik van Timo.

'Sorry, Timo. Het spijt me echt.'

Timo blijft gefocust op het verkeer en probeert zo snel mogelijk alles en iedereen voorbij te rijden, de stad uit.

'Sorry?' zegt hij zachtjes. 'Ik heb niks aan spijt! Ik kan nu niet meer terug! Door jou vlieg ik zelf de bak in! Jij idiote klootzak!'

Ze rijden over de brug die het kanaal oversteekt. Timo geeft een vluchtige blik aan Tobias.

'Hoor je wat ik zeg? Ik ben alles kwijt door jou!'

'Sorry, Timo.'

'Vuile hufter! Jij egocentrische lul!' schreeuwt Timo.

Tobias blijft stil.

'We hadden je vroeger moeten opsluiten toen we de kans nog hadden!' gaat Timo verder.

Tobias blijft nog steeds stil maar iets in hem wordt bozer.

'Je bent écht gestoord!' zegt Timo.

Tobias kan zijn ogen nu niet meer van Timo afhouden. Als een langzame explosie, vult zijn hele lichaam zich met vuur. Timo blijft gefocust op de snelweg want hij kan het met deze snelheid niet veroorloven om opzij te kijken.

'Ik begin zelfs te snappen waarom papa ons verlaten heeft. Jij bent een psychopaat!'

Dan voelt hij twee handen om zijn nek knijpen. Hij kijkt opzij naar Tobias en ziet in zijn ogen dat Tobias er niet meer is. Met onmenselijke kracht knijpt Nero de keel van Timo dicht. De auto begint over de weg te slingeren. Timo doet zijn best om het voertuig in bedwang te houden, maar de zwarte vlekken voor zijn ogen maken het hem niet makkelijk. Hij grijpt naar de handen om zijn nek en probeert ze los te trekken, maar Nero is te sterk. De auto rijdt in volle vaart door de vangrail van de brug en stort twintig meter naar beneden het water in.

Nero blijft knijpen.

13
Mijn bewapende angst

Ik kijk hem in de ogen, terwijl hij in die van mij kijkt. We willen allebei niet schieten, maar we staan er allebei volledig klaar voor. Onze wapens trillen in onze handen. Soms maakt één van ons een plotselinge beweging met het geweer om zo het trillen te verbergen, maar we zien het allebei. We zijn bang. Als twee blaffende honden die niet durven te bijten, schreeuwen we naar elkaar, ieder in onze eigen taal. Zijn taal klinkt verschrikkelijk lelijk. Alsof hij steeds over zijn medeklinkers struikelt met een lamme tong. Hij denkt ongetwijfeld net zoiets over mijn taal.

Mijn hoofd loopt over van gedachtes, maar één blijft terugflitsen: de vraag hoe ik hier in godsnaam ben terecht gekomen. Waarom sta ik hier in dit kapotgebombardeerde huis achter de vijandige linies, helemaal alleen? Hoe kon mijn leven in zes maanden zo veranderen dat ik hier nu met een geweer in mijn handen sta, gericht op deze onschuldige tegenstander?

Ik heb een mooi vrijstaand huis in een buitenwijk van de hoofdstad. Ik woon daar met mijn vrouw en mijn zoontje van elf.

Aan de achterkant van het huis heb ik een gigantische tuin. Drieduizend vierkante meter grond, bedekt met siergazon. Twee keer per week reed ik met mijn zitmaaier over iedere centimeter van het gras om het op de perfecte lengte te houden, 3,6 centimeter. Geen enkel grassprietje was ooit langer dan vier centimeter, daar zorgde ik wel voor. Dat was niet gemakkelijk aangezien de tuin geen simpele lay-out heeft. Ik vind het maar niks om een rechthoekige, simpele tuin te hebben, dus heb ik zelf wat heuvels gecreëerd in het landschap, stijlvol gedecoreerd met hagen, struiken, planten en bloemen. Dat betekent dat het grasmaaien soms wel vijf uur kan duren. Vijf volle uren genieten.

Ik moest mijn zoon vaak de tuin uitsturen, omdat hij het blijkbaar als sport zag om het gras zoveel mogelijk kapot te trappen met zijn kicksen. Die natuuronvriendelijkheid had hij in ieder geval niet van mij. Het ging nu al jaren zo dat hij om de zoveel tijd met een schaar mijn bloementuin te lijf ging. Dan knipte hij de koppen van mijn begonia's, petunia's, geraniums en rozen af en legde ze netjes naast de mishandelde stengel. Ik was dan altijd witheet van woede. Het maakte niet uit hoe vaak het al was gebeurd, ik kon hem maar niet weerhouden om het nog eens te doen. Maar ik bleef uiteraard onverstoord doorgaan met het verzorgen, zaaien en planten van mijn bloemen.

Ik kijk op naar de lichtbruin getinte man met zijn zwarte ongeschoren gezicht. Hij blijft maar tegen mij schelden in zijn rare taal, maar het schelden brengt ons nergens. Hij lijkt dit ook te snappen en richt zijn wapen naar mijn hoofd met meer precisie dan daarvoor. Ik volg snel met dezelfde handeling. We gaan allebei door met schreeuwen naar elkaar.

'Luister nou, ik wil je niet neer schieten! Leg je wapen nou weg!' schreeuw ik naar hem. Zoals ik al verwacht had, doet hij het niet. Misschien roept hij wel exact hetzelfde tegen mij.

Mijn zoon is een nietsnut. Een dromer. Hij praat niet veel en de hoop om daar verandering in te brengen heb ik al een tijd geleden verloren. De schoolpsycholoog zei dat hij hoogbegaafd is, maar ik moet daar het bewijs nog van zien. Soms zat hij gewoon uren naar de lucht te staren, terwijl ik het gras maaide. Hij doet dan helemaal niks, behalve kijken naar de wolken en naar mij. Hij deed dit alleen een poosje niet als hij weer eens de bloemen had vernield en het niet aandurfde om bij mij in de buurt te komen. Hij wist dondersgoed dat ik dan alsnog een corrigerende tik zou uitdelen.

De spanning loopt steeds hoger op. Geen van ons twee zal toegeven aan de ander, dat voel ik en kan ik zien in zijn ogen. In diezelfde ogen ontwaar ik ook dezelfde verbazing die ik heb. Verbaasd hoe de hele wereld in een tijdsbestek van maanden is omgeslagen naar een gigantisch oorlogsgebied. Een wereldoorlog die niemand zag aankomen. Een oorlog die zelfs oudere mannen van middelbare leeftijd als ik gebood om op te dagen voor dienstplicht. Een onzinnige strijd die gevoerd wordt door politici, maar wel kerels als de man voor mij en ikzelf tegenover elkaar plaatsen. Ik kan het nu nog steeds niet geloven.

Mijn huis staat gelukkig in een veilig gebied, mijn vrouw en kind maken het goed, maar toch durf ik niet met zekerheid te zeggen of mijn tuin er nog wel netjes bijstaat. Hij is in ieder geval niet bijgehouden. Dat stoort me, zelfs in deze situatie

Volgens mij zie ik een traan uit zijn linkeroog over zijn wang rollen, maar ik weet het niet zeker. Zijn gezichtsuitdrukking kan pure agressie uitstralen, of volledige angst. Zijn stem bibbert. De mijne ook. Onze wapens staan nog steeds op elkaars gezicht gemikt. Ik blijf maar herhalen wat ik al de hele tijd schreeuw.

'Ik wil dit niet doen! Snap dat dan!'

Mijn tuin was zo ontzettend mooi. Hij had regionale prijzen gewonnen, stond vaak in tuintijdschriften en stond één keer in de maand open voor publiek. Een prachtig pad van keistenen kronkelde door het getrimde gras en kwam uit op een rond, stenen pleintje in het midden van de tuin, waarna het zich opsplitste in diverse richtingen naar verschillende secties. Zo had ik dus de bloementuin in één hoek en daar dichtbij mijn moestuin met allemaal biologische groenten (die mijn zoon niet lustte) en in een verre hoek had ik een prachtig hok gebouwd voor mijn vogels. Het hok deed zeker niets af aan de pracht van de rest van de tuin, sterker nog, de kooi was volledig gebouwd in "Art Nouveau"-stijl met prachtige versiersels aan de uiteinden.

De vogels er in boeiden mij nooit zo. Ik gaf ze te eten en te drinken en dat was het wel. Om de zoveel tijd maakte ik hun hok schoon, dat vond ik dan nog wel het leukste om te doen. Voorzien van nieuw parelwit zand op de bodem van het hok, zag het er namelijk prachtig uit met zijn subtiele ligging in de tuin. Het was een verrassend juweeltje in de schaduw van de bomen die de tuin aan die kant afbakenden.

Mijn geweer voelt loodzwaar. Ik zweet overal en mijn handen zijn glibberig waardoor het moeilijk is om het geweer goed vast te houden. Mijn keel doet pijn van het schreeuwen en ik voel de pijn wel, maar het lijkt ergens heel ver van mij vandaan. Als een zacht stemmetje dat ergens van ver schreeuwt om aandacht, maar het niet krijgt. Dat kan het niet krijgen. Mijn aandacht gaat naar de loop van zijn geweer, die op mijn hoofd gericht staat. Mijn aandacht gaat tegelijkertijd uit naar zijn geschreeuw, waaruit ik nog steeds niet kan opmaken of hij zichzelf nou kwaad maakt, of dat hij smeekt om een vredige afloop. Zijn ogen staan wagenwijd open en geen van ons twee komt verder dan dit. Eén van ons moet iets doen, anders blijven we hier haken.

Dan laat hij zijn wapen los met zijn linkerhand en reikt bliksemsnel naar zijn broekzak. Ik schrik en schiet. Drie kogels verlaten de loop van mijn geweer waarvan één kogel hem in zijn hoofd raakt. De muur achter hem wordt rood geverfd met zijn bloed. Het bestrijkt de halve muur en heeft ook een simpel schilderij van een bloem in een porseleinen vaas – bespottelijk om zo'n prachtige bloem in een vaas te zetten! – besmeurd. De ogen die nog geen tien seconden geleden zo veel lieten zien, staren nu in het niets. Zijn lichaam zakt als een vaatdoek in elkaar, met zijn hand nog steeds in zijn broekzak. Ineens is het doodstil in de kamer.

Ik mis mijn tuin...

Een tijd lang blijf ik verstijfd staan met mijn geweer gericht op de plek waar zijn hoofd eerst nog heel was. Dan kijk ik naar de schade die ik bij hem heb aangericht. De uitgangswond is groot genoeg dat ik in zijn schedel naar binnen kan kijken. Ik raak uit mijn bevroren houding door een plotseling gevoel dat ik moet kotsen. Ik ren naar een hoekje van de kamer en begin te braken. Het is voornamelijk gal, ons rantsoen is niet bepaald uitbundig.

Waarom niemand van mijn team mij nog steeds niet heeft gevonden, snap ik niet. Zo ver raakte ik niet achter. Ik kon die jonge benen van ze best bijhouden, als ze niet zo hun best deden om mij het tegendeel te bewijzen. Ze noemen me hier ook "opa".

Ik veeg met mijn mouw mijn mond schoon, maar besmeur daarmee mijn gezicht weer met aarde en modder. Ik leg mijn wapen weg en doe mijn bepakking af. Ergens onderin mijn tas moet een waterbidon zijn. Ik kijk naar de dode man. Hij ziet er vrediger uit dan ik ben geweest het laatste half jaar. Ik trek mijn waterbidon uit de tas en drink het helemaal leeg. Rantsoeneren kan mij op dit moment niets schelen, ook al heb ik waarschijnlijk nog een lange weg alleen te gaan.

Mijn team heeft me achtergelaten, ik weet het zeker. We zijn allemaal in een korte tijd opgeleid om te doden en voor elkaar te zorgen, maar dat laatste werd snel overboord gegooid toen we bij het front aankwamen. Ik viel erg buiten de boot. Niet dat ik mijn best deed om vrienden te maken, dat interesseerde mij allemaal niets. Ik wilde gewoon zo snel mogelijk terug naar mijn huis. Naar mijn tuin die nu open stond voor de aanvallen van mijn zoon.

Ik hoor de vijand overal om mij heen. Ze schreeuwen orders, lachen met elkaar en verdelen hoorbaar munitie. Ik zit hier opgesloten in dit kleine huisje midden in deze vijandige stad. Ik weet niet of dit ook het huis was van de dode man, maar het zou me niets verbazen als hij gewoon zijn peloton heeft verlaten om hiernaartoe terug te keren. Huis en haard verdedigen. Misschien heeft deze man ook wel zijn eigen tuin. Ik kijk voorzichtig door de gang die van de woonkamer naar zijn kleine, krakkemikkige keukentje leidt en probeer door het raam te turen. Ik zie wel wat topjes van bosjes, maar het is waarschijnlijk onkruid. Doodzonde. Ik wil hier weg. Nu. Uit dit huis. Uit deze situatie. Uit deze kloteoorlog. Ik wil weer in vrede leven. Net zo vredig als zes maanden geleden. Net zo vredig als deze man waarschijnlijk deed hiervoor, anders verdedigde hij dit niet met zoveel passie, hoe slecht het ook voor hem uitpakte.

Dan zie ik dat zijn levenloze vuist iets vastklemt in zijn broekzak. Voorzichtig kruip ik onder het raamkozijn van de woonkamer door naar zijn stoffelijk overschot. Ik hoor kogels langs de ramen suizen en het gekrijs van hysterische vrouwen door de straten galmen.

Ik draai zijn lichaam op zijn rug en kijk hem in zijn ogen die mij aanstaren. De rillingen lopen over mijn hele lichaam. Met mijn hand sluit ik zijn ogen. Misschien wordt het dan wat makkelijker voor hem om eeuwige rust te vinden. Ik trek aan zijn arm om de dichtgebalde vuist helemaal uit zijn broekzak te trekken. Één voor één trek ik zijn vingers open die hij geklemd heeft om iets wat op een stuk papier lijkt. Voorzichtig open ik als laatste zijn duim en bekijk een verkreukelde foto in zijn handpalm.

Op de foto is de dode man te zien, niet veel jonger dan dat hij nu voor mij ligt, samen met een klein jongetje van ongeveer tien jaar oud. Ze zien er gelukkig uit. De vader glimlacht terwijl hij toekijkt hoe zijn zoon met een vies plastic gietertje het onkruid tussen de stoeptegels water geeft. Een plastic gietertje. De zoon heeft een grote glimlach op zijn gezicht en kijkt niet eens naar de plek waar hij het water laat vallen, maar in plaats daarvan kijkt hij naar zijn vader. Zijn vader leert hem tuinieren.

Ik zit zo een hele lange tijd naar de foto te staren. Ik kan niets anders. Maar dan begin ik wederom te braken en ik kan dit keer niets doen om het te stoppen.

Ik ga het anders doen. Als ik thuis kom. Als ik ooit thuis kom, ga ik het anders doen. Laat mij alsjeblieft thuis komen, zodat ik het anders kan doen. Door het raam hoor ik een intens vuurgevecht ontstaan. Een granaat ontploft niet ver van de voordeur.

Als ik thuis kom, ga ik het anders doen.

14
De Witgouden Vulpen

Het kantoor van mijn vader geeft een goed beeld van wat voor man hij vroeger was en wat voor man hij nu weer wil zijn. De kamer lijkt op iets uit een sprookje. Een massief eikenhouten bureau met talloze lades, een leren schrijfmat en een witgouden vulpen daarop. Er ligt een Perzisch tapijt op de grond en er staat een grote wereldbol in de hoek van de kamer naast twee zachte sofa's. Maar wat ik het mooiste aan zijn kantoor vind, zijn de twee gigantische boekenkasten die één muur van de kamer volledig in beslag nemen. Daar, tussen alle boeken die mijn vader nooit heeft gelezen maar er wel altijd graag naar kijkt, heb ik een piepklein gaatje geboord. Aan mijn kant verberg ik het met een poster van een aantrekkelijk model en kan ik er met mijn oog bij als ik op mijn bed sta. Het plakband van de linkerkant laat erg makkelijk los.

'Teken het, alsjeblieft,' hoor ik mijn oom zeggen. Het antwoord dat ik van mijn vader verwacht volgt:

'Geen denken aan.'

Er moet zich een wonder voltrekken voordat hij zal tekenen wat voor hem op het bureau ligt. Mijn zicht is ondertussen bijgesteld aan het vernauwde kijktunneltje en ik zie mijn vader in zijn grote leren bureaustoel zitten en mijn oom voor het bureau staan.

'Ik ga hier niet weg voordat je hebt getekend.'

Mijn vader staart naar buiten zonder te knikken of te reageren.

'Ik snap dat dit lastig is, Hugo.'

'Ik denk niet dat je het echt snapt, Mark,' antwoordt mijn vader stoïcijns.

'Natuurlijk wel, je hebt gewoon pech gehad.' Mijn vaders

zwakte: het woord 'pech.' In één zwaai draait hij zich om en slaat zo hard op het bureau dat de vulpen de lucht inspringt.

'Pech? Dit noem jij pech? Een lekke autoband. Door de regen moeten lopen zonder paraplu. Naar het zoveelste familiefeest van het jaar moeten. Dat is pech!'

Mark kijkt mijn vader strak aan.

'Hoe zou je dit dan willen noemen?'

'Chronisch ongeluk. Het is een ziekte, een infectie die, naarmate mijn leeftijd vordert, door mijn vlees is getrokken en nu overal zit. Ik ben ziek!' Mijn vader beantwoordt de strakke blik van Mark met een nog dodelijker gezicht. Maar mijn oom houdt stand en schuift het witte papiertje met de ellenlange tekst op het bureau verder naar mijn vader toe.

'Zo makkelijk kom je er niet van af, Hugo. Als je zo ziek bent, dan moet je familie er niet onder lijden.'

Mijn vader reageert zoals hij altijd doet in soortgelijke situaties: hij draait zich om en kijkt naar buiten, naar onze achtertuin die hij zelf bijhoudt. Hij kan uren op een dag staren naar de kiezelsteentjes die kronkelende paden door het gras vormen en de door hem zelf geknipte struiken in de vorm van schaakstukken. Het is deze starende blik die ons gezin al veel heeft gekost.

Mark pakt de armleuningen van mijn vaders stoel en draait hem zijn richting op.

'Ik ken die blik. Je ontsnapt hier nu niet aan.' Hij pakt de vulpen en drukt hem in de handen van mijn vader.

'Maak het nou niet lastiger dan het al is,' smeekt hij zachtjes.

Met grote ogen kijkt mijn vader naar het document en het stippellijntje waar hij op moet tekenen. Het is muisstil in het kantoor. Zijn ogen worden waterig en voor het eerst voel ik een gevoel van medelijden voor hem. Een kort moment van spijt.

Twijfel over deze hele situatie.

Ik verlies kortstondig mijn balans en zet een misstap op het bed. De houten lattenbodem kraakt en doorbreekt de stilte in zowel mijn kamer als het kantoor. Voorzichtig kijk ik weer door het gat en zie zowel mijn oom en vader naar de boekenkast kijken. Ik hou mijn adem in. Mijn vader loopt naar de boekenwand en inspecteert waar de houten kraak wellicht vandaan kon komen. Hij speurt iedere plank af en komt dichterbij de sectie boeken waar ik mijn kijktunnel heb geboord. Als bevroren sta ik op bed met mijn oog tegen het kijkgat gezogen. Mijn vader zet zijn zoektocht door op de rij in de kast waar ik doorheen kijk. Ik zie zijn lichaam voorovergebogen, nog geen meter van mij verwijderd. Nog steeds sta ik vastgelijmd door het gat te turen. Langzaam zie ik zijn ogen mijn kijktunnel naderen, maar voordat hij mijn oog kan zien, onderbreekt mijn oom hem.

'Ik ben dit spelletje zat, Hugo!' roept hij terwijl hij mijn vader aan zijn arm trekt. Mijn vader maakt zich los van de greep en loopt zelf terug naar het bureau.

'Behandel mij eens zoals het hoort,' mompelt hij.

'Hypocriet,' mompelt mijn oom terug, iets wat mijn vader alarmeert.

'Wat bedoel je daarmee?'

'Je weet best wat ik daarmee bedoel. Dit idee, dit document, dat komt niet van mij. Dat weet je best.'

Mijn vader wist dat het van mij kwam.

'Hij heeft er genoeg van,' zegt Mark voorzichtiger dan eerst, 'en wij weten allemaal best dat je het niet bewust doet. Maar je moet het gewoon accepteren dat dit niet meer werkt. Je familie gaat er aan onder door, Hugo.' Beschaamd kijkt mijn vader naar zijn Perzische tapijt.

'Het is gewoon even chronisch ongeluk.'

'Die zin klopt niet en je weet dat het niet klopt. Het ligt niet aan de buitenwereld.'

'Ik denk van wel.'

'Ik weet dat je dat denkt. Maar dat maakt het geen waarheid.'

Mijn vader draait zich weer om naar buiten en staart naar de tuin. Mijn oom zucht en zet een kleine stap naar mijn vader toe.

'Ik kan voor ze zorgen. Ik kan ze alles geven wat ze nodig hebben, Hugo. Dat beloof ik je. Dat is toch het belangrijkste? Ze zullen niets tekort komen. Eén handtekening en het wordt geregeld.'

Mijn vader was altijd al zo, maar vroeger was het onschuldig en zonder gevolgen. Vroeger liep alles goed, maar nu is alles anders. Statuur en aanzien, een man van dromen en ambities. En wij waren hetzelfde product, mijn moeder en ik. Alles ter bevordering van zijn macht. Maar dezelfde drijfveren nekten hem en daarmee ons allemaal. Mijn moeder en ik veranderden in angstige en voorzichtige mensen. Mijn vader niet, hij bleef hetzelfde in zijn gedragingen. Hij koopt nu nog steeds dezelfde dingen en gaat naar dezelfde clubs als voorheen. Hij houdt zich stevig aan de vergane glorie vast en gooit daarvoor alles in de strijd wat hij heeft. Alles.

'Alsjeblieft,' komt er zachtjes bij hem uit, 'alsjeblieft doe dit niet. Ik smeek het je.' Hij laat zich op zijn knieën vallen en kruipt naar Mark toe met trillende armen en benen. Er loopt een klein straaltje waterdun snot uit zijn neus die hij tevergeefs probeert op te halen. Ik schaam mij er voor hoe erg mijn vader zich nu durft te vertonen. Met zijn zwakke handen klampt hij zich aan mijn oom vast, met zijn rode ogen kijkt hij hem doordringend aan.

'Alsjeblieft,' fluistert mijn vader. Ik zie hoe mijn oom het niet meer kan laten om zijn verdriet te verbergen. Zijn enige grote broer ligt nu als een hond aan zijn voeten. Maar hij vermant zich.

'Het gaat gebeuren, Huug.'

Mijn vader staat moeizaam op en loopt terug naar zijn raam met uitzicht over de tuin. Zijn snikken weet hij snel te bedaren. 'Dit is niet hoe het had moeten gaan, broertje,' zegt hij zachtjes met zijn ogen nog steeds naar de tuin gericht, maar op niets gefocust. 'Ik had het mij zo anders ingebeeld.'

'Soms loopt het gewoon anders,' antwoordt Mark.

'Ja, dat is zo. Dit verdienen ze niet, dat weet ik ook wel. Ik wil dat ze het beste krijgen wat er is.'

Mijn oom laat een klein glimlachje zien. 'Ik vind het fijn om te horen.'

'Ik hou van ze, broertje.'

'Dat weet ik. Zij houden ook van jou, daar twijfel je toch niet aan?'

Na een korte stilte antwoordt mijn vader: 'Nee.'

Voorzichtig begeleidt mijn oom hem naar het bureau en zet hem op zijn leren stoel neer.

'Teken het document, Hugo,' zegt hij, 'ze krijgen alles wat ze nodig hebben, dat beloof ik je. Ze zullen gelukkig zijn bij mij.'

Hij pakt de mooie witgouden vulpen op en schuift hem weer in de rechterhand van mijn vader.

'Teken het, alsjeblieft.'

Mijn vader staart naar het witte papiertje met daarop het volledige contract voor de beschikking van zijn vrouw en zoon. Zowel mijn handtekening als die van mijn moeder staan er al op. Zijn ogen worden glazig. Hij staart in het niets.

'Ze moeten gelukkig worden,' zegt hij, 'maar daar moet ik voor zorgen.'

De tanden van oom Mark knarsen op elkaar.

'Maar daarvoor moet jij fors veranderen en dat doe jij maar

niet. Dit bewijst het toch weer, koppige man dat je bent.'

Ik zie hoe mijn vader de vulpen in zijn hand vastklemt. Mijn oom zet een stap dichterbij de leren stoel.

'Ditzelfde dansje voeren we nu al jaren op en er moet iets veranderen. Er gaat nu iets drastisch veranderen zelfs. Ik ga voor ze zorgen want dat verdienen ze. Ze verdienen stabiliteit en zekerheid. Want, zoals het document ook al laat zien, zijn zij ook het dansen zat!'

Hij draait de stoel van mijn vader naar hem toe en kijkt zijn oudere broer recht in de ogen.

'Je kan ze niet van mij wegnemen,' smeekt mijn vader.

'Het is de enige optie!'

Mijn vader klemt de vulpen nog steviger vast. 'Er gaat ook iets drastisch veranderen, dat beloof ik toch?'

'Loze woorden van een krankzinnige man!'

In één overweldigende actie zwaait mijn vader met zijn arm richting zijn broer en mikt met de punt van de vulpen naar diens nek. De witgouden punt raakt bijna maar wordt onderschept door Mark. Met zijn rechterhand trekt hij de vulpen uit mijn vaders handen, draait hem in één vloeiende beweging om en steekt hem zonder aarzelen in de hals van mijn vader.

Mijn adem stokt terwijl ik toekijk hoe mijn vader naar achteren valt met bloedende hals, waar hij zijn rechterhand op drukt. Geschrokken springt oom Mark op, de bebloede vulpen nog in zijn hand. Allebei zien we mijn vader happen naar adem terwijl hij gorgelt alsof hij verdrinkt. Met zijn laatste kracht kruipt hij richting het raam en stort neer naast zijn bureau.

Het is weer muisstil. Mijn vader ligt op zijn rug op en staart weer in het niets. Bloed druipt op het Perzisch tapijt. Mijn oom staat, net als ik, bevroren op zijn plaats.

De stilte wordt wederom onderbroken door een kraak van

mijn bed. Ik zie mijn oom naar de boekenkast kijken en de kamer uitstormen. Ik hoor voetstappen op de gang mijn kant op komen. Mijn hart klopt in mijn keel en ik probeer mijn adem onder controle te krijgen. De voetstappen zijn nu bij mijn deur uitgekomen. Ik plak snel de poster vast en spring van mijn bed.

De deur zwaait open. Ik zie mijn oom daar staan met twee bloedvlekken op zijn linnen broek. Ik kijk hem aan en voel mijn hart bijna door mijn borstkas heen slaan. Hij kijkt mij doordringend aan.

'Rens?' hijgt hij.

Ik sta bevroren naast mijn bed, alleen maar bezig om het trillen van mijn lichaam tegen te werken. Mijn oom inspecteert mij van top tot teen in een vluchtige blik en kijkt mij dan serieus aan.

'We moeten nu weg.'

15
Het kan niet altijd Kerstmis zijn...

Er was eens een ontzettend domme, egocentrische jongen genaamd Marcus. Hij was een student, 24 jaar oud, had geen vrienden en was een zwak excuus voor een mens. Tenminste, dat vond ik en ik kon het weten. Al zijn hele leven moest ik toekijken hoe hij faalde in ieder aspect van zijn bestaan. Maar deze keer ging hij te ver. Deze keer ging het ten koste van zijn ouders. Dit is het verhaal van Marcus die vluchtte voor de werkelijkheid. Dit is het verhaal over het feit dat het niet altijd Kerstmis kan zijn.

Er werd geklopt op de deur van de studentenkamer op de campus van de medische faculteit. Aangezien hij geen vrienden had, liep Marcus enigszins vervreemd naar zijn voordeur om open te doen.

'Marcus, papa is weer zieker geworden door de laatste behandeling. Hij vraagt een paar keer per dag naar je. Hij wil je heel graag zien. "Je weet namelijk maar nooit," zegt hij steeds maar weer.'

Het was zijn moeder die binnen kwam stormen. Marcus wilde dit soort slecht nieuws niet horen. Zijn moeder wist dit, maar probeerde het onvermoeibaar steeds opnieuw.

'Ik heb ook nog drie plastic bakken met zelfgemaakte wortelsoep voor je liggen. Kom je die dan even ophalen?'

Geïrriteerd draaide Marcus zich weg van zijn moeder.

'Ik lust geen wortelsoep, mam.'

'Het is heel gezond, lieverd, goed voor je huid ook. Je ziet er vermoeid uit de laatste tijd.'

Ze bleef naar de gigantische wallen onder de ogen van Marcus staren. Ze hoopte dat hij dit keer zou antwoorden. Maar Marcus bleef stil.

'Kom ze nou maar snel halen,' voegde ze er aan toe, 'en praat dan even met papa.'

'Mam, ik moet nu echt naar college. Ik bel je morgen wel even wanneer ik langs kan komen.'

Ze knikte en liep de deur uit richting het trappenhuis, maar stopte na een paar passen.

'Ik hou van je, liefje.'

'Ik ook van jou, mam.'

Dat lukte hem nog wel om te zeggen. Want hij meende dat ook wel, dat was het probleem niet. Hij duwde de deur dicht terwijl zijn moeder nog bij de deur bleef hangen. Makkelijk weglopen deed ze nooit na dit soort bezoekjes. Het liefst zou ze nog een keer aankloppen.

Marcus moest inderdaad naar college, dat had hij niet gelogen tegen zijn moeder. Maar toch ging hij daar nu niet heen. Het lukte hem namelijk niet om net zo kil en hard zoals hij net reageerde op zijn moeder, de dag voort te zetten. Hij zou zijn concentratie nu niet vast kunnen houden tijdens college. Het studie-onderwerp zou hem zelfs pijnlijk herinneren aan zijn vaders ziekte. Je zou het een ironische studiekeuze kunnen noemen, die hij een paar jaar geleden maakte toen zijn vader al ernstig ziek was.

In plaats van college ging Marcus naar de fijnste plek die hij kende. Het was een wereld die exact leek op de echte wereld, maar waar de kleuren zoveel mooier en feller leken, er altijd een idyllisch laagje sneeuw lag en de mensen altijd vrolijk en vriendelijk waren; deze parallelle wereld vierde iedere dag van het jaar Kerstmis.

Het was een wereld waar alleen Marcus naartoe kon gaan, voor zover hij wist. Hij kende namelijk niemand in zijn omgeving die, net als hij, een draaideur in de hoek van zijn studentenkamer had die hem naar deze wereld bracht.

Het was niet te zien dat de draaideur er daadwerkelijk zat. De twee wandpanelen in de hoek zagen er exact zo uit als de overige panelen in de kamer. Maar als Marcus hard tegen het rechterpaneel duwde kwam er beweging in. En met één volle rotatie van de gecamoufleerde draaideur kwam hij in de, zoals hij het noemde, draaideurwereld.

Hij had de deur vier weken geleden per toeval ontdekt op een middag toen hij al zijn moed bij elkaar had geraapt en Norah, de mooiste meid van de hele campus, had opgebeld met de vraag om iets met hem te gaan drinken die avond. Nadat ze klaar was met lachen had ze uiterst koel geantwoord met 'Nee, dank je...' en vervolgens opgehangen. Uit pure woede en frustratie had Marcus zijn telefoon tegen de muur gesmeten en vervolgens een enorme trap tegen het wandpaneel naast hem gegeven. Tot zijn verbazing bewoog het paneel en openbaarde zich de draaideur naar de andere wereld.

Sindsdien ging Marcus iedere dag door de draaideur. Hij liep dan één volledige rotatie met de deuren mee en kwam dan op exact dezelfde plek in zijn kamer uit. Maar toch was het hier anders. Het zag er exact uit zoals in de echte wereld, maar dan in een geweldige kerstsfeer. Er was altijd gezelligheid op het centrale plein van de campus te vinden, met een gigantische versierde kerstboom in het midden, de kleine kraampjes er om heen die oliebollen verkochten en de schaatsbaan die altijd vol was met jongens en meiden die studeerden aan de universiteit. Iedereen leek altijd gelukkig en iedereen was aardig tegen hem en elkaar, iets wat verslavend werkte bij Marcus.

Op deze specifieke dag dat Marcus de draaideurwereld weer in ging kwam hij Joost tegen. Hij was één van zijn studiegenoten en tevens zijn projectpartner bij practicum onderzoeken. Joost was in de echte wereld een lul. Daar waar Marcus een zielig sulletje was, was Joost de arrogante rijkeluiszoon met een grote mond. Maar hier, in deze wereld, waren Marcus en Joost grote vrienden. Nog voordat Marcus sneeuw van de grond kon rapen, spatte een sneeuwbal van Joost uit elkaar in zijn gezicht. De ijskoude bal voelde als een natte steen tegen zijn oog.

'Ik kan niets meer zien. Je wordt bedankt!'

'Snel reageren is niet echt jouw ding, hè?'

Hij liep naar Marcus toe om hem overeind te helpen.

'Wat doe je met Kerst vanavond?'

Marcus veegde de natte ijzige stukjes sneeuw van zijn gezicht.

'Ik ga het vanavond bij mijn ouders vieren, denk ik.'

'Je gaat wat missen, man. We gaan het met de hele groep vieren. Veel rode wijn, veel slechte cadeaus en veel eten.'

'Bedankt voor het aanbod, maar ik moet het vanavond echt met mijn ouders vieren.'

'Oké, prima. Norah komt ook, hoor.'

'Norah?'

Norah, die hem in de echte wereld niet zag staan, was hier altijd dol op Marcus. Sterker nog, hij had de afgelopen dagen al diverse keren seks met haar gehad, iets wat hem in zijn echte leven bij niemand nog was gelukt. Hij vroeg zich daarom af of hij daardoor technisch gezien nu nog maagd was of niet.

'Misschien kom ik later op de avond nog wel even langs, als jullie al lekker ver zijn met de rode wijn.'

Die avond scheurde zijn vader het verpakkingspapier van zijn kerstcadeau. Gelukzalig keek hij naar de kaft van een groot, dik boek.

'Marcus, wat geweldig! De eerste druk van "Absurd." Die is nergens meer te vinden!'

In feite maakte het niet uit wat Marcus kocht – of zelfs uit zijn eigen boekenkast meetrok – als cadeau, degene aan wie hij het gaf vond het altijd geweldig. Nog een prachtige eigenschap van deze wereld.

'Ik wist dat je het leuk zou vinden, pap.'

Het deed Marcus goed om zijn vader zo te kunnen zien. Zo was het nog steeds de sterke man die hij van vroeger kende. De man die nog kon eten zonder rietje en gewoon zelf naar het toilet kon in plaats van luiers te dragen.

Hij kreeg een omhelzing van zijn vader terwijl zijn moeder haar cadeau netjes openmaakte door alle plakbandjes voorzichtig los te pulken.

'Hoe je dit allemaal kan betalen als arme medicijnenstudent snap ik niet hoor, liefje!'

'Ach ja, ik zie jullie graag gelukkig.'

Dat deed Marcus inderdaad graag. Hij zag ze liever niet ongelukkig.

Het liefst had Marcus de rest van zijn leven doorgebracht in de deze wereld en zou hij nooit vrijwillig zijn teruggekeerd door de draaideur naar de echte wereld. Maar op een of andere manier raakte hij na een paar uur in die ideale samenleving altijd duizelig en verloor hij het bewustzijn. Wanneer hij dan bijkwam lag hij op de vloer van zijn studentenkamer, niet ver bij de verborgen deur vandaan. Terug in de realiteit. Hij voelde zich dan altijd volledig uitgeput, misselijk en had bovendien enorme hoofdpijn.

Die ochtend was geen uitzondering. Hij werd wakker en de pijn in zijn hoofd werd nog eens erger gemaakt door het geklop op zijn voordeur. Hij stond op van zijn bed en liep wankelend naar de deur waar het kloppen ondertussen was overgegaan in bonken. Toen hij de deur opende keek hij in het gezicht van een stokoude man. Zijn rug was krom en had geen greintje vet aan zijn trillende lichaam vastzitten. Zijn witte baard was lang maar Marcus kon er makkelijk doorheen kijken omdat het bestond uit flinterdunne haren. De man leek uitgeput en al dagen niet geslapen te hebben, iets dat Marcus op dat moment maar al te goed herkende.

'Kan ik u helpen?'

De oude man keek hem een paar tellen indringend aan.

'Je ziet er niet goed uit.'

'Wat zegt u?'

'Ik zie het aan je; jij hebt die draaideur ook gevonden.'

Marcus schrok. Hij probeerde het te verbergen voor de oude man, maar die zag het aan hem.

'Je moet niet te vaak door die deur gaan, hoor je me?'

'Sorry, meneer. Ik begrijp niet waar u het over heeft.'

'Lieg niet tegen me. Ga niet te vaak door die deur. Geloof mij nou maar. Kijk maar naar mij.'

'Ik ken u niet. Wilt u alsjeblieft vertrekken.'

'Doe het niet. Je komt jezelf uiteindelijk tegen en het kost je je leven.'

'Wilt u nu gaan?!'

'Ik snap waarom je het doet, geloof me. Het is daar prachtig en elke dag Kerst vieren is magisch. Ik snap waarom je het doet, geloof me.'

'Als u nu niet vertrekt roep ik de campusbeveiliging erbij!'

De man leek niet meer te luisteren. In plaats daarvan bleef hij met zijn ogen gefixeerd op de hoek in de kamer. Marcus voelde paniek in zich opkomen.

'Meneer? Hoort u mij?'

Met alle kracht die de oude man in zich had duwde hij Marcus opzij en rende, zo snel zijn kreupele benen dat toelieten, naar de hoek van de draaideur. Hij kon al bijna de rechtermuur aanraken toen Marcus hem met alle macht op de grond drukte. De oude man begon te schreeuwen van de pijn.

'Laat mij alsjeblieft naar binnen gaan! Ik doe alles voor je!'

Met gemak trok Marcus de oude man aan zijn benen naar de voordeur om hem vervolgens, met enig geweld, zijn kamer uit te gooien. Marcus keek toe hoe de man, snikkend, zichzelf aan de muren probeerde op te trekken.

'Het is mijn draaideur. Heb je dat begrepen?!'

'Net zoals het vroeger van mij was.'

Marcus, de domme jongen die hij is, begreep hier niets van.

'Wat bedoelt u?'

De oude man had zichzelf eindelijk overeind gekregen.

'Ik bedoel dat dit mijn kamer was vóór jou."

'Bent u niet goed bij uw hoofd? Dit is nieuwbouw. Er heeft hier maar één iemand vóór mij gewoond de laatste twee jaar. Daarvoor bestond dit gebouw nog niet eens!'

'Dat weet ik.'

De man keek Marcus indringend in de ogen aan.

'Luister goed naar mij: stop er mee nu het nog kan. Die draaideur maakt jezelf en iedereen om je heen kapot.'

'Dan komt het dus goed uit dat ik niemand om mij heen heb om kapot te laten gaan.'

Marcus gooide de deur in het gezicht van de oude man dicht. Nog lang bleef hij met zijn oor op zijn voordeur gedrukt om te horen of de vreemde man nog voor zijn deur stond, maar hij hoorde niks.

Die nacht kon Marcus de slaap niet vatten. Wat bedoelde die oude kerel? Hoe wist hij van de draaideur en waarom vertelde hij hem, net als zijn moeder gisteren gedaan had, dat hij er slecht uit zag.

Marcus stond op, deed het licht aan en ging voor de spiegel staan. Een schok ging door hem heen. Zijn huid begon scheurtjes te vertonen van droogte en de lijnen in zijn gezicht waren veel meer aangezet dan hij zich kon herinneren. Daarna dwaalde zijn blik af naar het haar boven zijn oren. Ontegenzeggelijk begon zijn haar daar grijs te kleuren.

Marcus heeft daarop geprobeerd om zonder Kerst te leven. Om gewoon de hele dag naar college te gaan en om 's middags met zijn vader mee te gaan naar diens doktersafspraak. Hij heeft het echt een poging gegund om alle vernederingen en tegenslagen aan te kunnen. Maar blijkbaar was de zielige jongen te zwak om alle trappen, zowel lichamelijk als psychisch, aan te kunnen. Om weer door Joost afgezeken te worden tijdens college, om weer onvoldoendes te halen door gebrekkig leren en om weer zijn moeder te zien huilen. Dit alles zou misschien allemaal wat dragelijker zijn als hij daartegenover tenminste seksuele ontlading zou hebben staan, maar nu we Marcus al een stukje beter kennen, weten we al dat hij ook dat niet kreeg. Nog voordat zijn laatste college van de week was afgelopen had Marcus alweer de keuze gemaakt. Hij zou die avond wederom door de draaideur gaan, hoe erg het zijn gezondheid ook aantastte. De domme jongen.

Die avond rende hij zijn kamer in en haastte zich naar de hoek waar de draaideur zich bevond en duwde met volle kracht tegen het paneel. Maar er was geen beweging in te krijgen. Dat was nog nooit eerder gebeurd. Paniek maakte zich van hem meester, het zweet brak hem uit en hij begon acuut te trillen. Hij snapte er niets van. Waarom draaide de draaideur niet meer? Het idee dat hij net als iedereen maar één keer per jaar Kerst kon vieren was onverdraaglijk en gaf hem genoeg kracht om twee keer zo hard tegen het paneel te duwen dan dat hij normaal kon. Geen enkele beweging in te krijgen, het leek alsof er nooit iets anders was geweest dan een doodgewone hoek in de kamer. Met alle macht die hij in zijn zwakke lichaam had ramde hij tegen het rechterpaneel van de hoek.

Hij stopte met bonken toen hij gebonk terug hoorde. Het kwam niet van de draaideur, maar van zijn kamerdeur. Nog steeds in paniek trok hij de deur open en zag zijn moeder staan. Ze had rode ogen maar kreeg het toch voor elkaar om een glimlach te fabriceren toen ze Marcus zag staan.

'Dag liefje.'

'Ik heb nu echt geen tijd, mam.'

Ze was al langs hem de kamer ingelopen en leek niet naar hem te luisteren.

'Ik wil dat je mij even aanhoort. Ik verwacht niet dat je dit meteen van mij aanneemt, maar ik wil het gewoon even gezegd hebben.'

Marcus besloot om stil te blijven, wederom kreeg hij het gevoel dat hij geheel niet begreep wat er nou allemaal gebeurde. Ze ging door:

'Ik weet dat het niet leuk is en dat je het moeilijk hebt—'

'Ik heb het niet moeilijk.'

'Je ziet er niet goed uit, liefje. Je ziet er zwak uit.'

'Ik voel me juist prima.'

'Je ziet er bijna net zo slecht uit als papa. Dat is de reden dat ik langskom'

'Ik zie er helemaal niet zo slecht uit als papa. Hoe durf je dat te zeggen!'

'Liefje, luister even naar mij.'

'En ik kom binnenkort echt wel op bezoek, ik heb nu gewoon even geen tijd!'

'Dat weet ik, lieverd.'

'Laat mij dan even met rust en zeur nou niet zo!'

'Papa is weer opgenomen. Dit keer waarschijnlijk voorgoed.'

Eindelijk hield Marcus zijn kop. Hoe erg hij zijn best ook deed, het lukte hem niet meer om iets terug te schreeuwen. Ze zag dat ze zijn aandacht had.

'Ik heb ervoor gezorgd dat hij hier in het universitair ziekenhuis is geplaatst. Dan is het wat makkelijker voor jou om hem toch eens op te zoeken.'

Nog steeds kon Marcus niets zeggen. Hij moest al zijn concentratie richten op zijn ogen om de tranen tegen te houden. Want zo een klootzak was het, die huilen als een zwakte zag.

'Ik zal komen, mama, echt...,' stamelde hij tenslotte.

Ze gaf haar zoon een knuffel en liep naar de deur.

'Zorg alsjeblieft goed voor jezelf. Ik hou van je.'

Nog voordat Marcus kon antwoorden deed zij de deur zelf achter haar dicht. Dat had ze nog nooit eerder gedaan. Toen kon Marcus zijn tranen niet meer tegen houden. Ze stroomden over zijn wangen en minutenlang zat hij op de grond te snikken als een klein kind. Wat was hij toch een enorme slappeling. Hij staarde naar de hoek van de kamer die helemaal vrij stond van meubelen, de hoek met de draaideur. Hij twijfelde of hij er wel nog doorheen wilde gaan, en hij wist niet eens zeker of dat überhaupt nog wel kon.

Minutenlang zat hij daar besluiteloos op de grond. Zijn telefoon ging. Het was een tekstbericht van zijn moeder.

"Zijn kamernummer is 143B. Ik hou van je. X"

Hij kon weer niks doen om zijn tranen tegen te houden. Hij stond op en liep naar de draaideur. Hij wist niet goed of hij nou hoopte of de deur wel of niet open zou gaan. Hij duwde tegen het rechter paneel. De draaideur draaide weer. Hij kon er doorheen als hij wilde. Maar wilde hij dat eigenlijk wel? Hij wist niets meer zeker.

'Nog één keer,' zei hij tegen zichzelf.

Nog één allerlaatste keer en dan zou hij voorgoed stoppen met Kerst vieren in de draaideurwereld.

'Ja, nog één keer, om het af te leren,' zei hij hardop tegen zichzelf, duwde en liep met het draaiende rechterpaneel mee, de draaideurwereld in.

De wereld zag er weer geweldig uit. De statige kerstboom stond midden op het plein, de gekleurde lichtjes schenen over het besneeuwde campusplein en de jongens en meiden schaatsten zoals altijd vrolijk in het rond. Deze keer zou hij Kerst gaan vieren met zijn vrienden. Een gezellige avond, afgesloten met een heerlijke vrijpartij met Norah was exact wat hij die dag nodig had.

Nadat hij wat leuke cadeaus had gekocht in de campuswinkel liep hij naar het appartement van Joost waar al zijn vrienden – inclusief Norah – zoals altijd zouden zitten.

Wat hij alleen niet wist, was dat ik er nu ook zou zitten. Toen Marcus namelijk besloot om toch weer die "laatste keer" naar de draaideurwereld te gaan, moest ik er een stokje voor steken.

Toen Marcus aanklopte, deed ik de deur open. Hij schrok, want wat hij voor zich zag was een exacte gelijkenis van zichzelf, behalve dat die gelijkenis er verzorgder, jeugdiger en sterker uitzag. En ik droeg een mooiere trui, namelijk één met een rendierenprint er op. Ik glimlachte naar hem.

'Vrolijk Kerstfeest, Marcus.'

'Hè? W-Wie ben jij? H-Hoe kan dit?' kwam er stotterend bij hem uit.

'Verwarrend, hè? Ik ben jou, Marcus.'

'Maar ik ben toch ik? Hoe kan jij dan—'

'Laten we mij anders even voor het gemak Kerst-Marcus noemen. Helpt dat?'

Dat hielp duidelijk niet aan zijn gezicht te zien. Ik kon er toen al niet over uit wat een ontzettend domme jongen het toen was. Ik zuchtte.

'Ik ben het gedeelte in jou die vindt dat je nu moet stoppen met hier naartoe te komen om Kerst te vieren, Marcus. Ik ben je geweten, je zelfreflectie, jouw kritische kant.'

'Maar, hoe kan je hier nu voor—'

'Jij hoort thuis in jouw wereld, Marcus. Jij hoort één keer per jaar Kerst te vieren, niet elke dag. Dat kun je fysiek niet eens aan. Heb je recentelijk al eens in de spiegel gekeken? Je wordt elke dag een jaar ouder. Dat houd je niet lang vol, vriend. Deze wereld steeds opzoeken is niet de oplossing, Marcus. Dat is vluchten. Vluchten voor de werkelijkheid, vluchten voor verantwoordelijkheid. Maar je kunt niet blijven vluchten, Marcus.'

'Maar, hoe kan jij...ik nu hier voor mij.....'

'Luister, nog één domme vraag en ik ga het op de harde manier oplossen. Ga jij nu terug naar je eigen wereld en doe wat je hoort te doen.'

'Ik moet Kerst vieren,' kwam er op vlakke toon uit.

'Niets daarvan.'

'Je snapt het niet. Ik heb dit nodig. Laat mij gewoon gelukkig zijn, alsjeblieft.'

Het smeken maakte hem nog zieliger en lelijker dan hij al was. Marcus wist het allemaal niet meer. Hij voelde wel dat het allemaal mis was, maar snappen deed hij niet. Ik kon ook niet meer tegen zijn gesnotter.

'Sta op en ga naar de echte wereld. Wat je hier doet helpt niet. Je kunt de realiteit nooit ontvluchten'

Hij greep mij bij mijn been en hield hem stevig vast.

'Nog één keer. Alsjeblieft, nog één keer, dan kom ik nooit meer hierheen! Ik beloof het!'

'Nog één keer is nooit genoeg. Er komt altijd weer nog één keer. Ga terug. Voorgoed.'

Ik duwde rustig de voordeur dicht maar nog voordat hij volledig gesloten was voelde ik het hout van de deur hard tegen mijn voorhoofd rammen. Marcus stormde snel naar binnen en trok mij aan mijn rendierenshirt naar zich toe om mij vervolgens naar buiten, de gang op te duwen. Ik weet niet hoe het de zwakke loser was gelukt om mij te slim af te zijn, maar het was hem gelukt. Toen ik naar de deurklink greep was ik al te laat en had Marcus de deur op slot gedaan.

Met een flinke zucht liep hij de woonkamer binnen om daar Joost, Norah en al zijn andere draaideurvrienden te zien.

'Snel van shirt gewisseld?' vroeg Joost.

Marcus keek even naar zijn shirt en ging naast Norah zitten. Hij gaf haar een zoen op haar mond. Niemand die hem vroeg wie er eigenlijk net aan de deur was. Ze gingen gewoon door met wat ze deden; gezellig kletsen en kerstcadeaus openen. Marcus greep een vol kopje hete chocolademelk met slagroom om vervolgens zijn tong te verbranden met de eerste slok. Met verbrande tong vroeg hij:

'Wiewns beuwrt is het om een cadeauwtje te owpenen?'

Nog voordat iemand hem kon antwoorden kreeg Joost een guts hete chocolademelk in zijn gezicht. Hij schreeuwde het uit van de pijn terwijl Marcus zich omdraaide naar mij. Ik stond weer in de woonkamer. Ik kon namelijk alles doen wat ik wilde. Ik greep Marcus bij zijn keel en ramde hem tegen de kleurig versierde kerstboom aan.

'Ik heb je vriendelijk verzocht om terug te gaan maar als je het zo wilt spelen dan moet dat maar!'

Een aantal vrienden probeerde Joost te verzorgen die nog steeds schreeuwde van de pijn. Zijn gezicht zag er dan ook wel abnormaal paars-rood uit. Norah begon te huilen. Uit alle macht probeerde Marcus zich los te wrikken uit mijn greep, zonder succes. Ik kneep nog eens in zijn keel.

'Jij wilt zo graag in deze wereld leven? Echt? Heb je het er voor over om in rap tempo weg te rotten? Wees eens eerlijk en vertel ons, nee vertel jezelf eens, waarom doe je dit?! Snap je het dan nog steeds niet? Waarom kom je hier steeds? Geef antwoord!'

'Gewoon, omdat ik het hier fijn vind!'

"Fout geantwoord!'

Ik liet Marcus los en pakte nog een volle beker chocolademelk en gooide hem over Norah heen. Haar huilen veranderde in krijsen. Ik richtte mij weer tot Marcus.

'Nogmaals, waarom kom je steeds hier?'

'Ik weet het niet! Ik weet het niet!'

Ik greep naar de volgende beker chocolademelk.

'Alsjeblieft! Stop daarmee!'

'Vertel mij dan nu eens echt waarom je hier komt!'

'Omdat ik het niet kan aanzien, oké? Ik kan niet aanzien hoe ik niets goed kan doen. Ik kan het niet aan dat ik niet meetel in mijn omgeving, hoe ik onzichtbaar ben voor alle meiden. Maar wat ik al helemaal niet wil is mijn ouders ongelukkig zien. Ik wil mijn vader niet zwak zien. Ik wil niet dat mijn vader doodgaat!'

Voor even was het doodstil. Zelfs Joost en Norah staakten hun snikken. Iedereen keek naar Marcus terwijl hij op zijn beurt naar mij keek met waterige ogen.

'Ik wil hem niet moeten missen,' stamelde Marcus.

Het was de stomme jongen eindelijk gelukt om het te zeggen. Ik voelde me op een soort vreemde manier zelfs een beetje trots op hem. Maar we waren er nog lang niet. Dit was pas het begin.

Ik liep naar de voordeur en draaide mij terug naar Marcus.

'Kom.'

Met een schaapachtige blik keek Marcus naar de vriendengroep en vervolgens naar mij.

'Kom!'

Schreeuwen was dit keer gelukkig voldoende om hem in beweging te krijgen. Ik liet Marcus vooroplopen richting het trappenhuis. Ik sloot zelf de deur achter ons, alle anderen waren druk bezig met het verzorgen van de twee verbrande gezichten van Joost en Norah.

We stonden samen in de hoek van zijn studentenkamer. Ik gebaarde Marcus om er doorheen te gaan, terug naar de echte wereld. Hij keek mij met rode oogjes aan.

'Ik ben nog nooit door de draaideur gelopen om terug te gaan.'

'Dan is dit je eerste stap op de goede weg.'

Vertwijfeld keek Marcus van mij naar de draaideur.

'Geen zorgen. Ik ga mee,' zei ik terwijl ik hem een duwtje in de goede richting gaf.

'Kan dat wel?'

Ik wist mij op dat moment goed in te houden om hem niet een klap in zijn gezicht te geven vanwege het stellen van wederom zo'n domme vraag. Ik gaf hem nog een duw de goede kant op. Aarzelend liep hij door de draaideur en ik volgde.

De draaideur bracht ons weer precies terug naar de hoek van zijn studentenkamer. Ik trok hem direct door naar de deur van zijn kamer en richting het trappenhuis.

'Waar gaan we heen?'

'Dat zal je wel zien.'

'Ik wil weten waar we heen gaan. We zijn weer terug in mijn wereld, is dat niet genoeg?'

'Nee, dat is niet genoeg. Anders sta je in een mum van tijd weer in de wereld die niet van jou is. Je bent niet bepaald sterk, Marcus. En de verleiding is groot.'

Ik sleepte hem mee over de donkere straten van de campus. Toen hij de route herkende, wist hij waar wij heen gingen. Toen begon hij pas echt tegen te stribbelen.

'Nee, alsjeblieft. Waarom doe je dit? Ik wil daar nu niet heen. Alsjeblieft.'

Hij wist zich los te trekken uit mijn greep, maar hij rende niet weg. Hij bleef daar staan met zielige, smekende oogjes. Ik draaide me naar hem toe.

'Prima, ga maar terug naar je draaideur. Wil je dat? Kortstondig plezier en daaraan kapot gaan? Lost dat ook maar iets op?'

Ik zag de verwarring op zijn gezicht. Hij wist het allemaal niet meer. Iets wat, zoals je al merkt, hem wel vaker overkwam. Teveel Kerst vieren tast je hersenen aan, bleek maar weer.

Hij liet zijn hoofd zakken en liep weer mee, dit keer niet meer achter mij, maar naast mij. Hij wist precies waar wij heen gingen en wat we gingen doen.

Het was koud die avond. Het was dan ook al het einde van het jaar en de winter was in volle gang. We stonden op het dak van één van de facilitaire gebouwen van het ziekenhuis. Vanaf hier hadden we perfect zicht op kamernummer 143B. Marcus trilde van de kou.

'Waarom doen we dit?'

We keken naar zijn ouders. We keken naar zijn vader die als een kasplantje in zijn steriel witte bed lag. Er liepen verschillende draden van zijn borst en polsen naar verscheidene machines. Er liep een beademingsbuis vanuit zijn neusgaten naar een soort pomp die hem hielp met ademen. Ook al lag hij te slapen, hij zag er niet rustig uit. Zijn gezicht was verstijfd en had een gepijnigde blik. Hij sliep misschien wel, maar van binnen werd er keihard gevochten.

Zijn moeder zat blijkbaar al een tijdje naast het bed van haar man en was op zijn borst in slaap gevallen. Ze hield één van zijn handen stevig vast.

Ik trok Marcus bij zijn schouder naar mij toe.

'We doen dit omdat het moet.'

Hij haalde zijn neus op om het snotteren tegen te gaan. Op dat moment begonnen de machines om zijn vader heen te piepen. Zijn lichaam schokte op het bed waardoor moeder wakker schrok. Ze stond op en riep paniekerig om haar heen naar de zusters om haar te helpen. Ik voelde Marcus zich van mij afduwen.

'Ik wil hier weg!'

Ik trok hem aan zijn trui terug.

'Doe dat niet!'

Met een stevige zwaai rukte Marcus zich van mij los. Ik zag geen andere optie dan dat ik mijn gebruikelijk tactiek moest toepassen. Ik trok hem terug en gaf hem een harde klap in zijn gezicht waardoor hij op de grond viel.

'Wees nou eens de man die ik van je probeer te maken!'

Ik tilde hem bij zijn hoofd op en wees het naar het raam van kamernummer 143B.

'Denk je dat dit weggaat als jij door die draaideur gaat? Denk je dat papa dan opeens niet ziek is? Denk je dat niet kijken en weglopen echt helpt?!'

Ik voelde een traan over mijn hand lopen die over zijn wang naar beneden was gerold. Hij antwoordde niet meer. In plaats daarvan bleef hij naar zijn vader staren, die omringd werd door drie zusters die hun best deden om hem te reanimeren. Zijn moeder stond ernaast met haar handen in haar haar. We konden allebei niets anders doen dan toekijken hoe de zusters gehaast aan het werk waren met zijn vader. Ik liet Marcus los, maar hij rende niet meer weg.

Het waren misschien feitelijk maar vijf minuten, maar voor ons leek het een eeuwigheid te duren. Zijn vader was eindelijk buiten levensgevaar en leek weer rustig, relatief gezien. Geen van ons twee had die tijd iets gezegd. Marcus zijn tranen waren opgedroogd, maar nog zichtbaar op zijn wangen. Toen verbrak hij de stilte:

'Het kan niet altijd Kerstmis zijn...'

Ik keek hem in zijn ogen aan, maar bleef op een afstand staan.

'Nee, inderdaad.'

Hij keek naar de kamer. Zijn vader lag weer te slapen, met zijn moeder aan zijn zijde.

'Het lijkt nu allemaal weer zo rustig. Maar ik snap het nu. Ik snap dat wat we net zagen écht is. Dat verandert niet.'

Dat was de zin die ik hem al de hele tijd wilde horen zeggen en het moraal waar ik zo lang op gehamerd had, maar nu ik het hem hoorde zeggen, gaf het me niet zoveel voldoening als ik had gehoopt. We keken elkaar aan en voor het eerst leken we echt één persoon te zijn. Ik hoefde niet meer mijn best te doen om hem duidelijk te maken wat er nu moest gebeuren. Mijn taak was volbracht.

'Ik ga weer terug naar mijn plek. Ik heb er vertrouwen in dat je het juiste zal doen. Stel jezelf niet teleur, oké?'

Hij knikte. Ik vervolgde:

'En geen zorgen. Ik ben nog altijd in je hoofd om je te behoeden voor stomme fouten. Jij maakt ze immers nogal vaak.'

We moesten beiden lachen. We omhelsden elkaar en langzaam loste mijn fysieke gedaante zich in zijn armen op. Even keek Marcus verbaasd om zich heen, maar hij leek te wennen aan de vreemde gebeurtenissen die zich de laatste tijd om hem heen afspeelden. Wat nu moest komen was niet iets fantastisch of sprookjesachtig, nu was het de tijd om in de echte wereld aan de slag te gaan.

Zijn moeder was net bezig om haar spullen te pakken en naar huis te vertrekken toen Marcus kamer 143B in liep. Ze schrok toen ze hem zag en bleef naast het bed staan. Met glazige ogen keek hij naar haar en hoefde eigenlijk niet eens te zeggen wat hij wilde zeggen. Zijn moeder zag het al aan hem, maar hij moest het toch gezegd hebben.

'Het spijt me. Voor alles.'

Ze zei niks terug. In plaats daarvan rolde er langzaam een traan over haar wang naar beneden. Marcus liep naar haar toe en omhelsde haar. Hij wilde haar nog zoveel meer zeggen, maar niets kon op dat moment uit zijn mond komen. Maar zijn moeder wist alles al wat hij wilde vertellen.

Het was bijna het einde van het jaar. Het was nog kouder geworden dan die avond op het dak en er lag overal sneeuw. Marcus zijn vader was weer ontslagen uit het ziekenhuis dankzij een plotselinge verbetering van zijn gezondheidstoestand. Marcus besloot dit te vieren op de mooiste manier die hij kon verzinnen. Hij kwam die avond bij zijn ouders langs met cadeaus en een dennenboom die hij in de woonkamer zou zetten en versieren.

Ook in zijn eigen kamer had hij een dennenboom neergezet en versierd. Hij stond prachtig in de hoek van zijn kamer die vroeger altijd leegstond. Nu werd de hoek veel beter gebruikt.

16
De Vloek

Pakweg dertig paar ogen schieten afwisselend mijn kant op om weer vluchtig weg te kijken. Ik hoor hier dan ook niet. Dat weten zij en dat weet ik. Om zo'n forse vrouw mee naar huis te krijgen wordt misschien nog wel moeilijker dan ik dacht.

In de hoek van een vieze en aftandse discotheek sta ik met mijn *George Imilio* maatpak, mijn *Gustivo* schoenen – *custom made* op basis van een mal van mijn voeten – en een *Ice Russia vodka* met ijs in mijn hand. Dit is de *place to be* voor de chubbies en *chubby chasers* op de vrijdagavond. De hoeveelheid *chasers* is op één hand te tellen.

Sommige forse meiden staren schaamteloos – misschien is dat een eigenschap die je ook moet hebben om in zo'n disco als deze te staan – naar mij, terwijl ik mijn tweede vodka naar binnen giet en een derde bestel. Alsof ze mij er ieder moment uit willen gooien, voel ik hun ogen priemen. *Whatever*, ik ga nergens heen. Ik ben een man met een missie. Ik wil hier weglopen met één van hen, hoe verschrikkelijk ik mijn eigen doelstelling ook vind. Ik ben geen *chubby chaser*, maar ik weet niet of wat ik ben nou veel beter is.

De *Harbour Escape Club* is meer mijn smaak. Aan het water, smaakvolle inrichting, fijne (en vaak bloedmooie) bediening en ambitieus volk. Zoals mijn vrienden. Zoals de vrouwen waar ik op val.

Bij de *Harbour* hoef ik tenminste niet aan de *Ice Russia vodka* maar kan ik gewoon aan de *Pearl White Polska* en dat verschil proef je.

'Je hebt nog vijf minuten anders duik ik er op,' hoorde ik Marco zeggen.

Ze stond al minutenlang naar mij te kijken met door alcohol aangetaste ogen. Ze deed al dansend haar best om sexy over te komen, maar dat faalde, naar mijn mening, compleet. Ze was knap. Mooie kont, lekker *revealing* rood jurkje aan en goed verzorgde bruine krullen. Dat was het probleem; ik had geen excuus of uitweg om het niet te doen.

'Peet, luister je wel?' schreeuwde Marco in mijn oor, hard genoeg om een aanblijvende piep te creëren.

'Duik jij er dan op af, lamlul. Van mij mag je,' antwoordde ik.

'Kom op, Peet. Laat de jongens eens zien dat jij ook je hond kan uitlaten.'

'Wie noemt dat nog zo?'

'Gaan, jij. Je mag me later bedanken, flapdrol.' Dankzij de hoeveelheid *Sint Jopin* biertjes die hij op had duwde hij mij vrij hard haar kant op en de door mij genuttigde *Pearl White Polska's* hielpen daarbij mee.

Half struikelend kwam ik binnen haar bereik, waar de bezopen *golddigger* meteen gebruik van maakte. Haar hand gleed over mijn *Benihana Inc* stropdas – die meer waard was dan haar jurk en *clutch* bij elkaar - en ze trok mij haar kant op. Nog voordat ik kon ingrijpen tegen de ontheiliging van mijn stropdas stak ze haar tong in mijn mond.

Nooit op de mond. Dan gebeurt het.

Stomme doos. Ze wist niet wat ze had gedaan. Ze had er effectief voor gezorgd dat mijn avond en die van haar werd verpest. Jammer dat ze zo mooi was, dat maakte dit gedeelte nog lastiger.

Stevig hield ik haar tegen mijzelf aan en deed mijn ogen dicht. Er was geen reden om niet nog even te genieten van het moment, behalve dat ze zoende alsof haar tong de trommel van een *Hyundig* wasmachine was. Tot mijn verbazing trok zij zich als eerste los van de zoen. Ik wilde mijn ogen niet open doen maar dichthouden zou gek zijn geweest.

Toen ik mijn ogen open deed was het niet anders dan alle voorgaande keren. Ze was lelijk geworden. Zo intens lelijk. Ik bedoel niet dat ze lelijker leek dan voorheen; nee, ze was daadwerkelijk veranderd in een wanstaltig mens. Haar *revealing* rode jurkje was nu een groot nadeel en er lag nog een handjevol dorre bruine haren op haar kalende hoofd. *Damn it.*

'Wegwezen, jij!' Ik riep het voordat ik er erg in had. Beteuterd en bezopen – ze dronk *Italian Purple*, zag ik – keek ze mij aan en rende naar het vrouwentoilet. Door de ongenuanceerde manier waarmee ze zich een weg door de menigte baande, bleef ik in een grote open plek op de dansvloer achter waar iedereen mij aanstaarde. Een situatie die ik later dus wederom in de "Dikkie Discotheek" zou meemaken.

Het eerste meisje dat ik leuk vond zou ik nooit zo hebben aangesproken. Toen was ik dan ook meer een slappe handdoek. En Zarah was stoer. Stoerder dan Marco of René, stoerder dan ik nu zelfs ben. Wij doen allemaal ons best om stoer te lijken, maar zij was het zonder moeite te doen. Ze was *badass*. Ze was *American* en was met haar vader voor diens werk naar Amsterdam verhuisd. Ik hield van haar.

'Nog een *Ice Russia* met ijs.' Dit is mijn vierde al en voel nog steeds geen greintje daadkracht om op één van die chubbies af te stappen. Slechte zaak, lijkt mij.

Het verbaast mijzelf ook hoe ver ik ga om hier van af te komen. Noem het *winners attitude* of gooi het op mijn levensmotto "je kan nooit verliezen als je nooit opgeeft", maar ik ben niet een man zonder missie. Ik weet precies wat ik hier aan het doen ben. Des te mooier de vrouw, des te lelijker zij wordt wanneer de vloek zich voltrekt. Dus wat zou er gebeuren als de vrouw het tegenovergestelde is, namelijk *fugly*. Nogmaals, ik weet precies wat ik hier aan het doen ben. Ik gooi de vierde vodka in één keer naar binnen.

'Zonk de moed van je soldaat, ofzo?' René sloeg mij op mijn schouder onder het geluid van zijn en Marco's bulderende lach. Ik schrok.

'Flikker op, gast. Zo'n chick zou ik niet eens jouw bed induwen als grapje!' Ik trok mijn *Manucci Men* overhemd – wat pas een zomer later werd opgepikt door de *trendwatchers* – recht en vertrok van de *Harbour*.

Het was toen een probleem en dat is het nog steeds. Je kan zeggen wat je wilt: dat het uiteindelijk om het innerlijk gaat of dat het oppervlakkig is om over het uiterlijk te praten. Maar bij deze noem ik dat regelrechte *bullshit*. Het eerste waar ik op val is niet hoe grappig deze meiden zijn – namelijk niet – of hoe lief ze zijn – ook niet –, maar de vorm van hun billen. Wie dit ontkent, snapt het spel niet en blijft net zo lusteloos achter als mijn voormalige ik.

Zarah was *cool*. Als zij niet op mij was afgestapt, was er nooit wat gebeurd. Ik had teveel respect voor haar om op haar af te gaan. Toentertijd vond ik dat niet zo krom klinken.

Dankzij haar ben ik geworden wie ik nu ben. Vóór haar ingrijpen had ik geen controle over hoe hard alles op mij af kwam in de wereld. Een emotioneel wrak, omdat alle gevoelens zo snel op mij afvlogen, dat het allemaal even grote deuken achterliet in mijn schild. *Hypersensitief* noemde de huisarts dat, maar wat wist hij nou. Kwakzalver.

Ze sleepte mij mee naar mijn eerste feestjes, ze leerde mij Engels spreken zonder accent. Of beter gezegd, met een feilloos *American* accent. Zij zorgde ervoor dat ik mee werd gesleept in haar *badass*-heid. Zij was mijn eerste zoen. Zij bleef net zo bloedmooi als ervoor.

Ik drukte op 'Espresso' op mijn *Capazzo* koffieapparaat en Marco kwam binnen.

'Lekker, dank je.' Hij greep het dure *Maxwell* kopje aan zijn oor en liep naar het raam met uitzicht over de stad.

'Vanavond herkansing voor je falen van gisteren, gozer. Vrijmibo bij *Symphonius*.'

'Gaat het je niet lukken om zelf wat te regelen zonder dat papa meegaat?'

'Zal die nieuwe een beetje lekker zijn, denk je?' vroeg hij.

'Van de receptie? Als dat niet zo is, benoem ik bij deze Richard homo,' antwoordde ik.

'Precies, je bent er dus vanavond bij?'

'Prima.'

Nog net voordat hij vertrok draaide Marco zich terug in de deuropening.

'Trouwens, wie denk je dat gisteren dat knappe meisje troostte en haar vertelde dat het echt niet aan haar lag dat jij zo bot was?' Met een vette grijns vertrok hij.

Ze zal het zwaar te verduren krijgen als nieuwe vrouwelijke werknemer. Hier ben je automatisch een prooi voor ons allemaal. *Free game*, iedereen mag er voor gaan en *may the best man win*.

Die avond ging ik aan de *Limourge* wit. Had ik trek in. René deed mee, wat het wat makkelijker maakte om er van te genieten. Het weer hielp mee voor een goede sfeer van de borrel buiten op het gereserveerde terras.

'Ik wil die nieuwe nu wel even zien,' zei Marco terwijl hij door de menigte zocht naar een vrouwelijk gezicht die hij nog niet veroverd had.

'Als ze niet knap is mag je haar houden,' zei René.

'Ze is bloedmooi, let maar op. Receptionistes die lelijk zijn komen niet zover.'

Toen kwam het bewijs dat Marco gelijk had aanlopen.

Knappe kop, mooie taille en goede rondingen. Haar ogen straalden zelfvertrouwen uit, iets dat iedere vrouw al tien punten opkrikt. Dit was een zakenvrouw, niet bang voor jongens als wij, dat was duidelijk. Haar *Immanuelle* mantelpak en *Miamore* hakken bevestigden deze gedachten en ook wat er zou volgen.

Zij stapte op ons af en stak haar hand uit.

'Ik heet Sanne.' Wij stelden ons voor. Ze deed mij aan iemand denken.

'Waarom gaat iemand die er uitziet zoals jij werken aan een telefoon waar niemand je kan zien, schat?' Marco zet zijn bulderende lach op.

'Zolang de baas mij maar ziet, toch?' Mijn hart klopte sneller. Marco zou geen schijn van kans hebben bij haar.

De discotheek vol *chubbies* en weinig *chasers* wordt er niet beter op, ondanks alle *Ice Russia* en *Main Boys Six* die ze draaien. Grapje, *Main Boys Six* is walgelijk. Bij het vijfde glas dat ik wegzet besluit ik te vertrekken en mijn missie te laten voor wat het is. Maar, zoals alle clichés in van die slechte *romance* pocketboekjes, zie ik op dat moment de perfecte kandidaat. Daar staat ze. Alleen. Alles behalve knap met haar grote, zielige ogen en nog veel grotere postuur. Mijn beeld wordt bevestigd door haar keuze van T-shirt, namelijk een *basic shirt* van de *Mammo*. Nog geen tien euro geweest waarschijnlijk. Ik loop op haar af en stel mij voor.

'Hannah,' antwoordt ze aarzelend.

'En wat doe jij met deze nietsnutten, Peter?' Ze vroeg het waar ze nog bijstonden.

'Iemand moet dit zootje leiden,' antwoordde ik. Aan de oppervlakte ogend als grapje, sloeg Marco mij op mijn schouder. Zolang zij maar dacht dat het een grapje was. Anders maakte hij geen kans meer.

'Je verdoet je tijd met hem, hoor. Hij heeft gezworen geen seks te hebben voor het huwelijk.' René drong zichzelf op in de aura van Sanne. Subtiliteit was niet zijn sterkste kant.

'Mag ik dat zelf even bepalen?' beet ze van haar af. Ze was een regelrechte *pitbull* met het uiterlijke van een *puppy*. Precies mijn type. Ik duwde René wat naar achteren en keek haar in haar vurige ogen aan.

'Zullen we anders even een drankje halen, zodat zij elkaar nog even de huid kunnen volschelden?' Zij moest hierom glimlachen en de jongens keken vuil.

'Neem je dan wel even twee *Limourgjes* mee terug?' gebood René.

'Eén *Limourge* en één *Sint Jopin*, zoals een man betaamt,' corrigeerde Marco. Met dezelfde grote grijns die Marco mij in mijn kantoor gaf, liep ik met Sanne weg naar de bar. Ik gaf haar een zacht duwtje naar voren toen ik de hand van Marco op mijn schouder voelde.

'Als je dit verpest kan je maar beter meteen bij de *gay porn* afdeling werken, lullo.' Ik trok mij los en liep achter Sanne aan.

'En wat doe jij hier?' vraagt grote Hannah.

'Ik woon hiernaast. Ik dacht, even kijken,' antwoord ik en kijk demonstratief om mij heen. Met een geforceerde glimlach kijk ik naar de voornamelijk roze lichtspotjes die aan het plafond hangen, de treurige slingertjes boven de bar en naar de door mij al bijna opgedronken fles *Ice Russia* voor mijn neus.

'En nu het echte antwoord.' Ze durft al te glimlachen en grapjes te maken. Mooi, dat gaat de goede kant op. Ik glimlach terug.

'Een geheime agenda. Dat brengt mij hier.'

'Zoals iedereen, dus.' Haar glimlach wordt groter en ze is al ontspannen genoeg dat ik schaamteloos de opdruk van haar *Mammo* shirt kan bekijken. Ik lees voor:

'*The Big and The Beautiful.*' Ze giechelt.

'Ja, hier kan ik hem aan.'

Met moeite knik ik. Moet ik nu ook al dit soort gedrag gaan goedkeuren? Jezelf verslonzen en die leefstijl dan als positieve *quote* op een shirt laten zetten? Een man op een moeilijke missie. Ze staart naar mij. Wellicht ben ik te lang stil geweest.

'Sorry, ik zit te staren. Het is gewoon dat *chasers* normaal nooit zo knap zijn als jij.'

Bingo.

'Wil je nog iets te drinken?' vraag ik haar.

'Doe maar gewoon een biertje.'

'Ik ga er niet om heen draaien, jij hebt iets wat ik interessant vind. Zin om hier weg te gaan om ergens wat te eten?' Ze was direct en duidelijk. Daar hield ik van.

We stonden al aan de bar en ik had net besteld. Een *Limourge* voor mijzelf, maar zij was meer van de *Oïcello Pure*. Ik nam de drankjes aan en reikte haar het glas aan.

'Prima, ik sta hiernaast geparkeerd. Het is een *Mihamatzu C5* blauw. Ik zie je daar over vijf minuten,' antwoordde ik.

Los van elkaar gooiden wij elk ons drankje naar binnen en pakten onze jassen. René en Marco zagen het. Ik zwaaide nog.

We reden een parkeergarage midden in de stad in en liepen naar *Majesto*, waar ik altijd welkom was. Ik groette Pedro en liep altijd even langs Martin, de chef, om over koetjes en kalfjes te praten en alles was oké.

'Dus dit is jouw stamrestaurantje?' Ze sloeg haar servet uit op haar schoot – ze had deze *Immanuelle* gisteren gekocht, zei ze – en bestelde voor ons hetzelfde dat we zojuist bij Symphonius dronken.

'Ik kom hier wel vaak. Als je de *escargots rouge* bestelt zal je snappen waarom.'

'Zelf ben ik meer van de *coquille au vin*, maar voor jou maak ik een uitzondering.'

Zarah was niet alleen mijn eerste zoen. Ze was mijn eerste voor alles. Zij opende mijn wereld. Voor mij was zij mijn godin, toen ik nog zo *gay* was dat ik vrouwen kon ophemelen. De avond dat wij voor het eerst seks zouden hebben was daarin helaas een minder leuk verhaal.

Sanne was leuk. *Damn it.* Ze was heel erg leuk. Des te meer alcohol in haar systeem kwam, des te zachter ze werd. Ze bleef net zo direct en gehaaid, maar daartussen sijpelde langzaamaan ook lievere woorden. Ze vond de *escargots rouge* heerlijk en zat aan haar vijfde *Oïcello* en had een taxi besteld. Ze gaf haar adres op als eindbestemming.

'Ga je mee?' Ze stond op en deed haar jasje aan.

'Oké,' antwoordde ik.

De taxirit leek uren te duren. Haar ogen kleedden mij alvast uit en ik deed hetzelfde met mijn ogen. Misschien was het dit keer anders. Misschien kwam ik er dit keer mee weg. Het voelde anders, dus wellicht was de uitkomst anders.

De voelbaar seksuele spanning was te snijden in de lift naar boven, maar ze zag mijn terughoudendheid als positief. Ik streelde haar gezicht en haar lippen. Die begeerlijke lippen. We waren bijna bij de achtste verdieping toen de hare op mijn mond afkwamen.

Als vanuit impuls, duwde mijn hand haar lichaam hardhandig weg.

Ik was zeventien en nog maagd. Ik wilde het langzaamaan doen met haar. Ik wilde mij niet opdringen. Ik hield van haar. Het was een avond dat haar vader niet thuis was. We lagen op haar bed en keken naar *I Enjoy You* – een tergend slecht script met een nog slechtere cast, zelfs voor een *romcom* – maar daar zat ik niet met mijn hoofd.

Zeventien minuten en zestien seconden nadat wij de film hadden aangezet zoende ze mij zoals ze nog nooit had gedaan. Ze was geil en ik deed mijn best.

'Meen je dit?' vroeg Sanne ontzet en de bel van de lift gaf aan dat we op de juiste verdieping waren.

'Luister, ik vind je echt leuk.' Het hielp niets meer. Teleurstelling was te zien in haar gezicht en wellicht ook een beetje schaamte.

'Ja, die *bullshit* ken ik.' De deuren van de lift sloten nadat Sanne was uitgestapt en ik drukte op de knop van de begane grond.

In de taxi onderweg naar de parkeergarage waar mijn auto stond belde ik naar het nummer dat in mijn mobiel als "?" stond opgeslagen. Het was mijn vaste nummer voor avonden als dit.

Thuis aangekomen deed ik mijn *Welheim Custom* stropdas af

en hing mijn *Benucci* jasje over een van de stoelen van mijn *Bell Haven Dinner* eettafelset. Vijf minuten later ging de deurbel. Ik zoemde haar naar boven en wachtte haar op. Ze was blond – geverfd – en droeg een net zo *revealing* jurkje als het meisje van de *Harbour*, maar met minder klasse.

'Heb je nog speciale wensen?' vroeg ze.

'Ja, geen zoenen op de mond.'

Het was een week na het incident met Sanne in haar lift. Wederom tijd voor de vrijmibo bij Symphonius. Wederom aan de Limourge wit en zij dronk wederom Oïcello Pure, maar niet met mij. Het stoorde mij enorm dat ze niet met mij stond te praten. *Whatever*, ik had wel andere dingen om mij zorgen over te maken. Zo wilde ik er graag achter komen hoeveel *Limourgjes* ik fysiek op kon binnen één uur. Een nieuwe missie. Ik bestelde een nieuwe en nam de laatste slok van mijn vorige glas.

'Ze kijkt niet meer zo naar je als vorige week, vriend.' Vriendschappelijk en vijandig tegelijk sloeg Marco mij op de schouder, René in zijn kielzog.

'Lijkt erop dat het een goed potje liegen was, dus?' vroeg René. Ik nam alweer de laatste slok van de *Limourge* die ik nog maar net voorgezet had gekregen.

'Ik snap die *bitch* echt niet. Geloof mij dus maar, blijf ver weg van die *crazy*,' antwoordde ik. Marco keek om naar Sanne in de verte. Haar oogcontact maakte duidelijk dat ze wist dat wij het over haar hadden.

'Je kan zeggen wat je wilt, maar als zij nog drie *Oïcellos* naar binnen werkt, duik ik er op.'

'Je doet maar,' zei ik. Nog nooit voelde ik de nood zo hoog om die smerige grijns van zijn *smug face* te meppen. Op dat moment wilde ik niets liever dan hem bij zijn goedkope *Straightheads* overhemd optillen en tegen de muur slaan tot hij zou stoppen met ademen.

'Jongens, jullie zijn niet van die slappe handdoeken die niet mee gaan *afteren* in de *Harbour*, toch?' Sanne was naast ons komen staan en keek ons één voor één aan om bij mij te eindigen. 'Nou, Peter?' zei ze.

'Tuurlijk ga ik mee,' antwoordde ik.

Hannah durft niet de eerste stap te nemen. Heeft ze vast afgeleerd door haar postuur. Ze weet dat zij het moet hebben van de andere partij die welwillend moet zijn. Oftewel, *the ball's in my court*. Ik vraag haar mee naar huis om daar, ongezien en in control, het te doen. Ik ga het gewoon doen. Ze kan er nog best mee door met die grote waterige ogen van haar. Ze is nog best grappig als ze niet zo bloednerveus is. Kan mij het schelen, misschien werkt het precies zoals ik wil. *Fuck it.*

De *Harbour* was druk en gezellig en zat vol met het type ambitieus volk dat ervan hield om straalbezopen te worden. *My kind of people.* Ik ging over op de *Pearl White Polska* en haalde voor de jongens hun *Sint Jopintjes*. Na het klinken van onze glazen hoorden wij onze namen roepen vanaf de dansvloer.

'Kunnen jullie een beetje dansen of hoe zit dat?' Sanne was omgekleed in een parelwitte *DuJour* jurk en hield haar peperdure *Pietro Santé clutch* stevig tegen haar buik gedrukt. Dansen kon ze. Tenminste, wat ze deed zorgde ervoor dat mijn ogen bleven vastgenageld aan haar bewegingen. Ze zag welke macht ze over mij had en ze speelde ermee. Ze keek me met duister genoegen aan, maar ze stopte nooit met dansen. Ook niet toen Marco en René als twee *horny* jongetjes rond haar zwermden.

Mijn *Pearl White Polska* smaakte een stuk beter, wetende dat ze meer met mij bezig was dan met die twee. Ik nam een grote slok en bestelde alvast een nieuwe. Ik voegde nog een Oïcello aan de bestelling toe en liep even later met de drankjes naar de dansvloer. Ik was halverwege toen ik op mijn plek bevroor.

Haar tong zat in de mond van Marco. René stond er als een *awkward* derde wiel naast te dansen. Ze had haar ogen dicht en haar hand op zijn wang. Toen zag ik haar ogen opengaan en mij aankijken. Haar ogen glimlachten nog duisterder dan haar mond ooit had kunnen doen.

De ijsblokjes in de *Oïcello* trilden in het glas van mijn bevende hand. Waar haalde ze de gore moed vandaan om mij nog steeds aan te blijven staren? Ik gooide de *Oïcello* bij mijn *Pearl White Polska* en werkte het in één keer achterover.

Ik had wederom een missie. Ik keek om mij heen, op zoek naar het eerste beste meisje met een knappe kop en vond er één meteen naast mij – ik deed maar even alsof ze niet zo'n smakeloze *Madame Chloë* blouse aan had – en duwde mijn mond tegen die van haar. Vervolgens drong haar tong mijn mond binnen. Mijn ogen waren gericht op Sanne. Ze zag het. Ze werd tegen haar reet geschuurd door Marco terwijl ze toekeek. Toen ik mij van het meisje wegtrok was er niets meer over van haar meisjesachtige charme en leuke kop. In plaats daarvan zag ik een verschrompelde leren huid met twee doodse kraaloogjes in de naar binnen gedrukte oogkassen. Om maar niet eens te beginnen over haar opeens ontwikkelde baardhaar.

Ik liep weg van het meisje, keek Sanne in de ogen aan en stak mijn middelvinger naar haar op.

Waarom reageerde Zarah zoals ze toen reageerde? Ik vroeg het mij daarna zo lang af. Was er iets mis met mij? Was ik niet zoals de jongens die zij voor mij had gehad? Ik had geen vergelijkingsmateriaal qua meisjes, dus ik wist van niets. Ik wist wel dat mijn vrienden niet hetzelfde probleem hadden, zelfs niet bij hun eerste keer. Maar bij mij weigerde het gewoon. Ik wist niet waarom en voelde me natuurlijk verschrikkelijk stom. Ik hoorde *Johhny Pop* met *Italian Wedding Ceremony* uit de radio komen en tegelijkertijd haar gelach. Ze moest er namelijk om lachen. Ze stuurde mij het huis uit. Ze zei dat ze dit nu niet kon gebruiken. Dat was de laatste keer dat ik Zarah zag. Zij was het enige meisje dat mooi bleef nadat ik haar zoende.

Nu zijn we aangekomen bij the *moment of truth*. Dit is de grote opbouw geweest naar de oplossing. Hannah zit op mijn *Jan Veerman* design bank met een glas *Chandierre* in haar hand.

'Ik heb dit nog nooit gedronken,' zegt ze nerveus.

'Heerlijke mousserende wijn, vooral na wat zwaardere drankjes.' Ik ga naast haar zitten. Ik moet het nu doen. Haar grote ogen kijken mij wanhopig aan en op haar vettige huid zie ik verschillende lichtbronnen glimmen. Ik leun voorzichtig naar haar toe, ze is doodstil. Haar lippen trillen en daarmee ook haar donzen snorhaartjes. Ze sluit haar ogen en wacht op de ontvangst, zoals ze het haarzelf heeft aangeleerd. Ik druk mijn mond tegen die van haar en zoen haar zo intens als ik kan.

Mijn ogen knijpen stevig dicht en durven zich niet meer te openen. Ik voel haar natte tong in mijn mond glijden en een poging wagen tot het sensueel strelen van die van mij. Het is geen succes, vind ik. Maar mijn hoofd is gevuld met anticipatie en mijn hart klopt bijna dwars door mijn borst. Als dit idee werkt, als mijn missie slaagt...

Mijn lippen sluiten, om haar tong weer te forceren terug naar het eigen hol te gaan en ik trek mijn gezicht terug. Mijn ogen zijn nog steeds gesloten.

'Dat was magisch,' hoor ik haar zeggen. Ik open mijn ogen. Ze is niet, net als alle anderen, lelijker geworden, maar mijn zelfbedachte uitkomst is ook niet uitgekomen; ze is onveranderd gebleven!

'Dit kan niet! Dit klopt niet....' Ze begrijpt niets van wat ik zeg. Ik moet haar nageven, dat ik mijzelf ook niet meer snap. Ik voel mijn ogen waterig worden en mijn keel dichtzwellen. Ik begin te huilen.

'Is er iets?' vraagt ze maar er komt geen gewoon woord meer uit mijn mond. Alleen gesnik. Hoe harder ik tegenwerk, des te harder het naar buiten komt. Mijn lichaam beeft van het gesnotter.

'Gaat-ie een beetje?' Ze raakt me zachtjes aan op mijn schouder. 'W-Wat ben ik een *loser*,' krijg ik er nog net uit. Ik kruip ineen en probeer mezelf tevergeefs te kalmeren. Hannah kijkt verdrietig toe.

Dan voel ik haar hand op mijn schouder doorglijden naar mijn rug. Ze omarmt mij met haar gigantische lijf, ik voel warmte en zachtheid.

Er gebeurt iets met mij, hier en nu, in haar grote armen. Ik laat alles los. Ik stop met vechten. Het huilen gaat heviger door en Hannah houdt mij nog steviger vast. Mijn armen klemmen zich stevig om haar middel en ik duw mijn gezicht in de letters *"BIG"* van haar shirt en ga nog harder door dan daarvoor. Zachtjes aait ze mijn rug terwijl ik loslaat.

'Voel jij je al wat beter?'

Ik ben stil en helemaal leeg. Ik knik met mijn gezicht nog begraven in haar boezem.

'Het klinkt misschien een beetje stom, maar zou je straks met mij even terug naar de discotheek kunnen lopen? Dan kom ik wel veilig thuis.' Ik knik nog eens.

'Dank je wel,' fluister ik.

'Geen probleem. Hebben we allemaal wel eens, toch?' Ik had daar voor altijd kunnen zitten met haar.

Bij de voordeur van de *Dikkie Discotheek* neem ik afscheid van haar. Ik omhels haar nog één keer om haar vervolgens terug naar binnen te zien verdwijnen. Nog voordat ik wegloop zie ik de voordeur weer openzwaaien. Ik kan de grote glimlach niet onderdrukken als ik zie wie het is.

'Hey Marco, wat doe jij hier nou?'

17

En toen vloog er een haai door het raam

Proloog

Er waren eens glassplinters, overal. Een lage en overdonderende dreun klonk en de gasten sprongen uit de weg van het gigantische gevaarte. Gijsbert was net de bestelling aan het opnemen van het tafeltje dat direct onder het raam stond en was de enige die het verschrikkelijke dier zag aankomen, nog voordat het door het raam vloog.

Gijsbert had zichzelf eindelijk zo ver gekregen om eens het huis te verlaten. Na alles wat de eerste maanden misging, durfde hij eigenlijk geen stap buitenshuis te zetten. Maar vandaag was zijn eerste werkdag bij eetcafé 'De Hoop' en hij was ontzettend trots op zichzelf dat hij deze stap had gezet. Het kon ook niet anders dan dat zelfs dat fout moest gaan. Alles ging de laatste tijd al mis, een gigantische witte haai dwars door het raam van zijn kersverse werkplek kon er ook nog wel bij.

Er waren nog geen vijf minuten voorbijgegaan van zijn allereerste shift. De angstaanjagende taak van de bestelling opnemen had hij net achter de rug en daarvan wilde hij eigenlijk nog even bijkomen. En toen vloog er een haai door het raam.

Onder een tafel verscholen, ziet Gijsbert hoe het beest naar het midden van de zaak vliegt, daarbij één of twee gasten opzij gooiend met zijn zware gewicht om vervolgens, met zijn snuit tegen de bar, op de houten grond te landen.

Zijn hart klopt in z'n keel en Gijsbert voelt zijn huid straktrekken. Zweet loopt in stroompjes langs zijn lichaam, terwijl zijn schouders zichzelf naar boven trekken. Maar het oorverdovende geluid van glas en geschreeuw sterft langzaam weg. Het enige wat Gijsbert nog hard hoort, is zijn hart.

Het echtpaar dat hun tafel nog net op tijd wist weg te trekken voor het vliegende zeemonster, zet de tafel zo goed mogelijk op zijn originele plek om vervolgens ongehinderd door te gaan met hun diner. De blonde collega van Gijsbert verontschuldigt zich tegenover iedereen voor het ongemak en geeft te kennen dat het volgende drankje van het huis is. Hier en daar klinken tevreden geluiden. Ondertussen ligt de witte haai nog steeds tegen de bar, en Gijsbert onder de tafel..

Langzaam kruipt hij onder zijn schuilplek vandaan en kijkt ontzet naar het tafereel. 'Ronduit onbeschoft om zo binnen te vallen,' merkt één van de gasten op. Iedereen is alweer bezig met het diner en de andere serveersters lopen druk door de ruimte om iedereen zijn of haar gratis drankje te bezorgen. Om achter de bar te komen, stappen zij over de haai heen die daar op de grond ligt te proesten en te zuchten. Het beest spartelt zo af en toe met zijn hele lichaam, maar met veel kracht gaat dit niet gepaard.

Gijsberts hart wil maar niet rustiger worden. Ontzet kijkt hij toe hoe de blonde serveerster met een tray vol drankjes over het beest heen stapt, één van de glazen water van het dienblad pakt en deze nonchalant over de haai leeggiet om vervolgens door te lopen naar een tafel met gasten.

Gijsbert gelooft zijn ogen niet. Het liefst zou hij zich nu omdraaien en de deur uit lopen, op weg naar huis. Maar hij kan het niet. In plaats daarvan loopt hij voorzichtig richting de bar, naar het nog steeds sputterende beest.

De rillingen lopen over zijn rug en het zweet druipt ondertussen ongehinderd verder van zijn hoofd. De blonde serveerster stapt, ditmaal met een tray vol glasscherven, weer over het beest heen en loopt achter de bar langs.

'Collega?' komt er voorzichtig bij Gijsbert uit, iets wat ze niet verstaat omdat ze op datzelfde moment de glasscherven in de vuilnisbak kiepert.

'Collega? Mag ik je wat vragen?' Weer geen gehoor.

Geconcentreerd op haar taak, vult ze een glas met water en gooit deze over de bar, op het arme dier.

'Collega, ik wil je toch echt wat vragen.'

'Zegt het eens,' antwoordt ze afwezig. Ze gaat verder met schoonmaken.

'Ik vroeg mij af wat we hier nu aan gaan doen?'

'Hoe bedoel je?' Haar ogen blijven op haar schoonmaakwerkzaamheden gericht.

'Ik neem aan dat dit hier niet zo kan blijven liggen.' Met trillende vinger wijst Gijsbert naar de spartelende haai. 'Moeten we misschien de politie bellen of is dit meer iets voor de brandweer? Of denk je dat het al te laat is? Want dan zou ik toch graag willen dat iemand het beest uit zijn lijden verlost.' De haai sputtert en met een felle zwiep zwaait hij zijn kop Gijsberts richting uit. Met een klein gilletje springt hij achteruit.

'En hoe zag je dat voor ogen?' De serveerster veegt voor de vierde keer aandachtig hetzelfde keukenblad schoon.

'Misschien kan iemand het beest de nek omdraaien?'

'Ga je gang.' Ze opent haar handpalm richting het beest bij wijze van uitnodiging. Verward kijkt Gijsbert naar het dier dat hijgt als een dinosaurus met astma. De nek onderscheiden van de rest van zijn lichaam is moeilijk. Angstig kijkt Gijsbert naar het dier. Hij vermoedt dat de nek rond de plek van zijn kieuwen moet zijn. Kieuwen, waarvan de gleuven zo groot zijn dat zijn gehele hand er in zou kunnen verdwijnen. 'We hoeven niets te doen,' gaat de serveerster verder, 'dit soort situaties lossen zichzelf meestal wel op. Gewoon negeren. Breng jij deze drankjes even naar tafel drie.'

Het trillen van Gijsberts lichaam houdt op en hij voelt dat al zijn energie zich naar zijn vuist verplaatst. 'Dit is toch belachelijk? Tenzij we dit netjes oplossen, kom ik hier nooit meer werken!' Gijsbert slaat met zijn vuist op de bar. 'Jongen, doe eens rustig aan. Het klinkt haast alsof dit de eerste keer is dat je dit ziet gebeuren.' Ze stopt met schoonmaken en kijkt hem strak aan. Gijsbert voelt haar ogen priemen. Haar mondhoeken trekken langzaam naar boven en vormen een verscholen glimlach. 'Natuurlijk heb ik dit wel eerder gezien. Dat betekent niet dat ik het normaal vind.' Hardop lacht ze Gijsbert uit terwijl hij zijn jas pakt en de deur uitloopt. Nog steeds ligt het gigantische beest spartelend met zijn snuit tegen de bar. De blonde serveerster gooit nog een glas water leeg over zijn kop.

I

Het was een kille winter toen Gijsbert op zoek ging naar warme liefde. Zijn tas was ingepakt, zijn eerste maand huur was betaald en zijn lichaam stuiterde van optimisme en kracht.

'Wees je voorzichtig?' vroeg zijn vader.

'Dat heeft hij nu al honderd keer beloofd,' zei zijn moeder, 'ga er voor, liefje. Je kan het! We zullen hier allemaal duimen voor je!'

'Ik hou van jullie! Ik bel als ik veilig ben aangekomen!' schreeuwde Gijsbert over zijn schouder terwijl hij naar de bus rende.

Het had al veel gesneeuwd voor de tijd van het jaar. Terzeijle zag er altijd prachtig uit in het wit, maar het was tijd om diezelfde pracht te zien in de grote stad. Eindbestemming van de bus: Flinsteren, de hoofdstad.

'Gijsbert? Wat doe jij hier?' Verbaasd keek de buschauffeur toe hoe Gijsbert instapte en zijn buskaartje trok. Hij gooide zijn koffer in een van de compartimenten.

'Ik ga verhuizen.'

'Verhuizen? Waarheen?' vroeg de chauffeur.

'Flinsteren.'

'Flinsteren? Jij?'

'Ja?'

'Oké,' en de chauffeur knikte beleefd. Enigszins verward door zijn verbazing, ging Gijsbert op de voorste rij stoelen achter hem zitten. Hij probeerde nog de gedachte van zich af te schudden.

'Is daar iets geks aan?' vroeg hij uiteindelijk.

'Nee, nee. Zeker niet. Het is gewoon een grote verandering, meer niet.' Gijsbert knikte begrijpend, ook al was hij niet geheel overtuigd van de onschuld in deze opmerking.

'En wat ga je daar doen?' vroeg de chauffeur.

'Op zoek naar de liefde,' antwoordde Gijsbert enthousiast, 'Ik wil een echt stadsmeisje vinden waar ik halsoverkop verliefd op kan worden.'

Met een verontwaardiging in zijn stem vroeg de chauffeur:

'Wat is er dan mis met de meisjes in Terzeijle?' en Gijsbert keek naar buiten, naar het verschuivende decor van zijn geboortedorp. Ze passeerden het stadspleintje met daarop het enige wat Terzeijle te bieden had; een aantal winkeltjes met levensmiddelen, twee kroegen en, Gijsberts favoriete plek van het hele dorp, de bioscoop.

Over het stadspleintje liepen een aantal van de meisjes uit het dorp. Hij zag Amy, een knappe meid om te zien maar inhoudelijk één van de meest oninteressante mensen ter wereld. Haar plan in het leven bestond uit het overnemen van de kroeg van haar vader – één van de twee op het dorpsplein – en, als alles volgens plan verliep, te trouwen met Mike, de zoon van de andere kroegeigenaar. Gijsbert vermoedde dat ze snel haar schoonheid zou verliezen, gezien haar saaie levensplan. Verderop het plein stond Christine, een prachtige blonde meid die er altijd verzorgd uit zag. Iets té verzorgd. Haar ambitie lag dan ook in het openen van een kap- en manicuresalon in Terzeijle. Het was iets waar ze al jaren over sprak en Gijsbert kreeg het gevoel dat het daar ook bij zou blijven. Bij de deur van een van de winkeltjes stond Irene een sigaretje te roken. Ze begon als deeltijd hulpkracht voor oude Henk, maar toen middelbare school was afgelopen bleef ze daar voltijds werken. Dat was zes jaar geleden.

'Er is niets mis met de meisjes in Terzeijle,' antwoordde Gijsbert. De chauffeur knikte en de rest van de rit bleven ze beiden stil.

Gijsberts vader was tegen de verhuizing. Tegen zijn doelstelling.

Hij noemde het weggegooide tijd in zijn geval. Gijsbert vroeg hem wat hij bedoelde met "in zijn geval". Maar zijn vader wuifde het weg en mompelde: 'Laat maar.'

Gijsbert vond dat zijn vader gewoonweg niet kon snappen hoe belangrijk liefde voor hem was. Hoe erg hij er naar verlangde. Hij snapte niet hoeveel pijn en verdriet het hem deed, iedere keer dat Gijsbert in de bioscoopzaal zat en mannen en vrouwen op het scherm elkaar zag zoenen, zag omhelzen, elkaar diep in de ogen keken om vervolgens nogmaals elkaar met allesomvattende passie te zoenen. Het was zo mooi om te zien. Gijsbert wilde dat ook. Hij wilde allesomvattende liefde voelen.

In Flinsteren zou hij dat gaan vinden deze winter. Hij zou zijn liefde veroveren en hij zou haar door de kou rood geworden neusje een zoen geven. Hij zou haar vervolgens diep in de ogen kijken om haar daarna passievol op haar mond te kussen. Hij zou alles volmaakt volgens de regels van de romantiek doen. Hij had het al vaak genoeg zien en nu was het zijn beurt om het mee te maken.

II

'Je woont in 15A,' zei de conciërge terwijl zij de deur van zijn appartement open deed. Met een rochelend geluid hoestte ze in haar hand en haastig graaide ze met haar andere hand in haar zakken. Het hoesten leek erger te worden en haar gegraai werd driftiger. Ze viste een pakje sigaretten uit haar broekzak. 'Als de kachel het niet doet, moet je er effe drie keer op slaan met een vlakke hand,' kraamde ze in de intervallen van het hoesten uit, 'en anders moet je maar effe een deken om je heen slaan. 't Wordt hier goed koud in de winter.' Met een paar tikken tegen het pakje schoot er een sigaret uit, die ze vluchtig in haar mond stak en van vuur voorzag. Na haar eerste diepe inhalering van de sigaret stopte het hoesten. Voldaan blies zij een rookwolk de donkere kamer in.

Gijsbert zette zijn koffer binnen naast de deur en keek naar de plek die hij vanaf nu "thuis" zou moeten noemen. De bruine wanden vertoonden hier en daar verkleuringen die leken te zijn veroorzaakt door water achter de muren. Door een spleetje van de muffe gordijnen scheen de zon fel naar binnen als een lichtstraal die dwars door een grot schiet. De stof in de lucht maakte de straal des te duidelijker tussen alle donkere meubelen.

'Ik neem aan dat de makelaar je niets verteld heeft over de zwarte beren?' Ze blies een nog grotere pluim rook de kamer in. Geschrokken draaide Gijsbert zich om.

'Zwarte beren?' Zijn hart schoot omhoog richting zijn keel.

'Ja, de familie zwarte beren.' Ze liet een geniepig glimlachje ontsnappen en tikte wat as van haar sigaret af boven mijn vloer. 'Ze wonen hier in het gebouw. Ze hangen vooral rond in de gangen. Ze snappen gelukkig niet hoe deuren werken, dus soms zitten ze zelfs dagen vast op dezelfde verdieping. Domme beesten. De positieve kant daarvan is dat ze dus nooit zomaar bij je naar binnen kunnen komen.'

Zweet kroop van Gijsberts schouders richting zijn onderrug.

'Maak je geen zorgen, als jij ze niets doet, laten ze jou ook vaak met rust.' Ze stampte haar sigaretje uit op de grond. 'Maar wat je ook doet, wees niet bang voor ze. Ze ruiken angst. Dan pakken ze je sowieso.'

Zweetdruppeltjes groepeerden zich op zijn voorhoofd. Gijsbert dacht een zachte grom uit de gang te horen komen.

'Nou, als je geen vragen meer hebt ga ik er lekker vandoor.' Haar volgende hoestbui kwam weer opzetten. Ze liep de deur uit en dit

keer wist Gijsbert zeker dat hij gegrom hoorde. 'Bek houden, jij!'
riep ze tussen het hoesten door, wat werd beantwoord met een
nog luidere brul. Gijsbert rende op de deur af en sloeg hem dicht.
Moedeloos liep hij naar het raam en keek naar buiten en zag in
de verte het beroemde Grote Plein. Hier in Flinsteren sneeuwde
het niet.

III

Het park was bij uitstek de beste plek om liefde te vinden.
Andere plekken waar het ook eventueel kon ontstaan waren
cafés, de supermarkt of zelfs op straat, beredeneerde Gijsbert.
Het liefst gebeurde het *per ongeluk* of door een stunteligheid van
één van de twee. Deze stunteligheid moest daarbij wel duidelijk
de ander betrekken in het probleem, anders was het geforceerd.
Een vrouw zou bijvoorbeeld *per ongeluk* haar kop koffie over
de man kunnen morsen omdat zij schrok van een muis die zij
voorbij zag schieten. Of de vrouw zou *per ongeluk* een melkpak
uit haar handen kunnen laten vallen, midden in het gangpad. De
plas melk die zich over de grond zou verspreiden, zou de schoen
van de man aan kunnen raken.

Het hoefde natuurlijk niet alleen met gemorste vloeistof te
gebeuren. Op straat, bijvoorbeeld, zou de vrouw ook simpelweg
kunnen struikelen en tegen de man opbotsen of samen verstrikt
kunnen raken in de hondenriem van haar hyperactieve hond.

Het werkte zo al tientallen jaren in de film, wist Gijsbert. De
vrouw liet daarmee haar leuke, kwetsbare kant zien en de man
kon er voor haar zijn, door haar uit de brand te helpen. Dit
betekende niet dat het altijd een stoere man was die haar moest
redden. Soms was het simpelweg een charmante jongeman,

waarbij het dan voldoende was om in zo'n situatie naar haar te glimlachen. Om haar te accepteren ondanks deze stunteligheid. Om te zeggen zonder het te zeggen; 'ik vind jou leuk omdat je meteen jezelf blootgaf, of dat nou opzettelijk was of niet.'

Enfin, het park was dus de beste plek, volgens Gijsbert. Waarom? Omdat daar dat voorgenoemde blootgeven makkelijker bereikt kon worden. Het was een plek van ontspanning en van rust. Daar kon het masker even af van de snelle wereld en daar kon zij even zichzelf zijn. Ze kon zich terugtrekken in een boek of zonnen op haar zelf meegebrachte kleedje. Het park was dus de perfecte plek om ontwapenend te zijn, om stuntelig te worden. Het enige wat Gijsbert dan moest doen, zo dacht hij, was zorgen dat hij op dat moment in de buurt was om haar uit de brand te helpen. Als vrouwen en mannen al verliefd worden met stunteligheid in een café of supermarkt, zo beredeneerde hij, dan moest de liefde die kon opbloeien uit een soortgelijke situatie in het park nog sterker zijn.

Gijsbert zou lachend de koffie droog deppen en zeggen: 'Het geeft niet, het was toch een oud overhemd,' om haar haar dan diep in de ogen te kijken. Hij zou de man zijn die naar haar toeloopt en helpt om de troep bij de zuivelafdeling op te ruimen. Hij kon de man zijn die een gevat grapje zou maken als ze tegen elkaar aangedrukt gevangen zitten in de wirwar van een hondenriem: 'Misschien moet ik je eerst eens uit eten nemen voordat we zo dichtbij komen.'

IV

Gijsbert besloot om zich niet te laten demotiveren in zijn missie. Er was vast een manier om met de zwarte beren om te gaan, dacht hij. Er woonden ongeveer één miljoen mensen in de – nog steeds groeiende – stad van Flinsteren. Er waren vast vele mensen die het zwarte beren probleem al overwonnen hadden, vertelde hij zichzelf.

Het was niet zo ver naar het park. Het was één kruispunt over, langs het Grote Plein en daar was de ingang van het Groene Park. Een ironische naam aangezien de bomen alles behalve hun groene kleur behielden gedurende de dag. Dit specifieke park stond er om bekend dat zijn bomen, struiken en planten verkleurden tot soms wel een aantal keren per uur. Van groen naar oranjebruin, van oranjebruin naar rood, van rood naar paars (wat het prachtigst klonk om te zien, naar Gijsberts mening) en van paars weer naar groen. Winter weerhield dit machtige natuurverschijnsel niet van zijn pracht omdat de bomen hier het hele jaar bleven bloeien.

Het was zonnig, de eerste ochtend van zijn bestaan in Flinsteren. Hij had geen oog dicht gedaan de hele nacht. Maar Gijsbert was er klaar voor. Hij was klaar voor de liefde en hij zou zich door niets laten tegenhouden.

Hij sloeg de deur achter zich dicht en liep de gang op, zijn borst recht vooruit. Aan de andere kant van de gang was de trappengang. Met zijn kin omhoog liep hij langs de deuren van zijn verdieping en zag tot zijn blijdschap geen enkele beer rondlopen. Zijn glimlach werd groter; de deur van de trappengang kwam steeds dichterbij. Gijsbert rende haast. De deur na het volgende appartement was al de deur van de gang. Gijsbert voelde optimisme en energie weer door zijn hele lichaam gieren, wat hij herkende van vroeger.

Hij hief juist zijn hand om de klink van de glazen gangdeur te grijpen, toen de deur van het appartement naast hem openging. Het was daar binnen pikkedonker, zo donker zelfs dat alleen de uitgestoken, harige arm van de eigenaar te zien was in het licht van de gang.

'Wegwezen, haarbal!' schreeuwde de man bij de deur en direct daarop volgde een zware brul van de zwarte beer die de woning uitrende, de gang op. De deur werd achter hem dichtgesmeten en raakte nog de harige achterkant van het gigantische beest. Schichtig keek het beest met inktzwarte ogen om zich heen. Tot hij Gijsbert zag staan. Zijn gehijg hield op toen Gijsberts gehijg begon. Zijn trotse borstkas zakte in. Hypergeconcentreerd staarde de beer hem aan en het lukte Gijsbert evenmin om weg te kijken. Met twee voeten vastgenageld aan de grond stond hij daar met tussen hem en de gangdeur in een zwarte beer van ongeveer drie keer zijn omvang.

Gijsbert voelde het zweet alweer overal uitbreken. Uit de bek van de beer kwam zacht gegrom. Door de trillingen van dat geluid borrelde er schuim op in de hoeken van zijn bek dat dat langs zijn muil op de grond begon te druppen. Met alles wat Gijsbert in zijn lichaam bezat, probeerde hij zijn benen ervan te overtuigen om te bewegen. Het maakte niet uit welke richting, maar als hij de keuze had, het liefst om de beer heen de trappengang op. Maar er kwam geen beweging in hem. 'Ze ruiken angst,' herinnerde Gijsbert nog. Hij was doordrenkt met zijn eigen zweet, zo erg zelfs dat Gijsbert nu ook zelf zijn angst kon ruiken.

Als één stap zou lukken dan zou de rest wel volgen, dacht Gijsbert. Hij had één stap nodig, meer niet. Zijn voet moest van de grond loskomen, zich een liniaallengte naar voren verplaatsen en zich weer neerzetten. Zijn bezwete lichaam leunde al naar voren. Nu nog zijn voeten. Hij moest de beer, waarvan de onderkin al volledig was ondergekwijld, laten zien dat hij niet bang voor hem was. Eén kleine stap.

En het lukte. Gijsbert voelde zijn linkervoet van de grond

komen. Het gevoel in zijn benen sloeg om van stokstijf bevroren ledematen naar spaghetti-achtige slappe slierten. Maar hij kwam tenminste vooruit, dacht hij. Onhandig zwierde zijn linkerbeen dan ook door de lucht en hij zette hem snel weer – precies een liniaallengte verder – op de grond. Een zweem van trots vloeide vanuit Gijsberts linkervoet naar de rest van zijn lichaam.

Maar die warme gloed was van korte duur. Toen zijn voet de grond raakte, zette de beer met al zijn poten af. Met een krachtige sprong schoot hij brullend Gijsberts kant op.

Gijsbert dook zo snel mogelijk naar de grond en zag hoe het gigantische gevaarte rakelings over hem heen vloog. Tijdens het passeren voelde hij één van de nagels van de beer door zijn overhemd heen krassen. Gijsbert schreeuwde het uit maar veel tijd om te huilen was er niet. Hij draaide zich om en zag dat het harige beest al was omgedraaid, klaar voor een tweede aanval. Zo snel hij kon, rende Gijsbert de laatste meters naar de trappengang terwijl de beer zich schrap zette voor een net zo krachtige sprong als zojuist. Gijsbert was bij de deur aangekomen en duwde met al zijn kracht tegen de gangdeur. Maar hij ging niet open. De zwarte beer brulde luidkeels waarop de buurman vanuit zijn appartement schreeuwde dat het beest zijn muil moest houden.

Gijsbert ratelde met de deurklink. Hij duwde met zijn volle gewicht tegen de deur maar er was geen beweging in te krijgen. De beer sprong en vloog zijn richting op.

Op dat moment had Gijsbert door wat hem belette om de deur open te krijgen. In plaats van ertegen te duwen trok hij de deur met al zijn kracht open. In een fractie van een seconde, die voor Gijsbert voor eeuwig leek te duren, gooide hij de deur volledig open, verschool zichzelf erachter en voelde hoe de zwarte beer met zijn hoofd dwars door het glas van de deur ramde om daar vervolgens in vast te komen zitten.

Angstig en onhandig kwam Gijsbert achter de deur met de naar hem happende muil van de beer, vandaan en rende de trap af naar beneden. De brul van de beer galmde door het hele pand.

V

Gijsbert dacht te weten waarom zijn vader destijds het vooral "in zijn geval" weggegooide tijd vond. Gijsbert dacht dat hij diep van binnen ontzettend jaloers was op hem. Gijsberts vader was het hoofd van een doorsnee huishouden, werknemer bij een doorsnee kantoor en geboren met doorsnee ambities. Doorsnee in alles. Hij had gekozen voor zijn eerste liefje als vrouw, om samen te gaan wonen in een doodgewoon dorp als Terzeijle en een leuk, gemiddeld kind te krijgen om zijn gezin compleet te maken. Gijsbert was het roet in zijn flauwe eten, zo vermoedde hij.

Hij was een vader zoals je die in de klassiekers ziet. De norse, overbeschermende en extreem nuchtere man. Alles wat nieuw, verfrissend of positief was wist hij kapot te maken.

Nodeloos om te vermelden dat dit genoeg ruzies met zich meebracht tussen Gijsbert en zijn vader. Maar hij kon mij niets maken, dacht Gijsbert. Hij was de koene ridder en ridders versloegen draken. Hij had het vaak genoeg op het grote scherm gezien.

Gijsbert dacht te weten waarom zijn vader toentertijd zo deed. Hij was de spiegel die hem werd voorgehouden. Hij zag in Gijsbert wat hij nooit was geworden: de koene ridder.

VI

Met een langgerekte wond op zijn rug, die goed zichtbaar was door zijn opengereten overhemd, liep Gijsbert richting het Grote Plein. Hij was doodop. De plekken zweet op zijn overhemd werden maar niet droog en zijn hart wilde maar niet rustiger kloppen. Maar zijn pessimisme werd toch wat minder bij de aanblik van het befaamde stadsplein.

De naam deed het plein alle recht toe, vond Gijsbert. Het was een gigantische vlakte van keistenen die zich zo ver uitstrekte dat de vergelegen gebouwen aan de andere kant van het plein een bijna mistachtige gloed over zich heen kregen. Het leek haast een plattelandsvlakte waarbij het gras plaats had gemaakt voor een stenen ondergrond en het oneindige uitzicht was ingeperkt door gebouwen aan alle kanten. In het midden stond een imposante fontein om het monotone karakter van het plein te breken. De gebouwen eromheen hadden, met oog op de enorme afstanden, hun uithangborden en neonopschriften net zo gigantisch op de gevels gezet om niet onder te doen voor de grootsheid van de rest van het plein. Tussen de gebouwen zag Gijsbert ook de grote, groene neonletters van eetcafé "De Hoop", waar hij later uiteindelijk zou gaan werken.

Het plein had nog iets eigenaardigs, zo merkte Gijsbert; de hoeveelheid mensen die elkaar passeerden was ongelooflijk. Als een wilde rivier stroomden overal mensen heen en weer en langs elkaar. De chaos was immens, al kon Gijsbert nergens tussen de vele kruisende mensen ook maar één keer een botsing opmerken. Het leek haast gechoreografeerd, zo strak voerden de gehaaste mensen het schouwspel op, vond hij.

Een aantal minuten lang keek hij verbaasd naar de mensen vanaf de rand van het plein. Daar, ergens tussen de gebouwen zag hij een wegwijzer staan. 'GROENE PARK' stond er op, met zijn pijl gericht naar de verste zijde van het plein waar Gijsbert stond. Met optimisme en veel positieve energie zette hij zijn eerste stap op het plein.

Hij kreeg geen enkele kans om zichzelf te redden. Toen Gijsberts voet de stenen van het plein raakte, werd hij met veel kracht en geweld naar alle kanten geduwd. Als een bal in de flipperkast flipperde hij alle kanten op. Soms verdronk Gijsbert met zijn gezicht tussen twee lichamen die langs hem heen schoven.

'Excuseert u mij, zou ik-' probeerde Gijsbert nog netjes te vragen maar verder kwam hij niet. Hij voelde vuisten terloops in zijn gezicht slaan en schouders hard tegen hem aanduwen. Mannen, vrouwen en kinderen leken het allemaal op subtiele wijze op hem gemunt te hebben. Er werd op zijn tenen getrapt door de zwaarste voorbijgangers en hij ontving schoppen in zijn gezicht. Niemand keek naar Gijsbert om. Alsof niemand de schade voelde die ze bij hem aanrichtte. Alsof hij onzichtbaar was. Nog een klap in zijn gezicht. Nog een schouder tegen zijn achterhoofd. Nog een voet op zijn tenen.

Het was een stomp in Gijsberts maag die hem deed instorten op de grond. Hij voelde hier en daar nog een schop en probeerde zichzelf naar veiligheid te kruipen over de keistenen die scherpe randen hadden. De voorbijgangers namen niet eens meer de moeite om Gijsbert te ontwijken en liepen over hem heen. Zijn overhemd scheurde verder en op meer plekken open aan de scherpe stenen. Gijsbert zag niets meer behalve een zee van voeten en benen waar geen einde aan leek te komen.

Een hand flitste voorbij en Gijsbert zag zijn kans schoon om hem vast te grijpen. Hij greep de hand vast, zo stevig als hij kon. Maar de hand deed zijn best om zich van Gijsbert te ontdoen. Met twee handen hield hij vast aan de pols van de hand. Een schop in zijn kruis verzwakte zijn grip. De hand gooide hem met een krachtige zwaai door de menigte. Met nog één laatste schop viel Gijsbert neer op de rand van het plein.

Verdwaasd en in pijn keek hij om zich heen. Tot zijn grote verrassing zag Gijsbert waar hij was. Boven hem zag hij de grote wegwijzer staan met het bordje van het Groene Park. Hij was nu dichtbij.

In de reflectie van de ramen van eetcafé "De Hoop" zag hij de staat waarin hij was. Zijn overhemd was in flarden gescheurd en als een soort mislukt kleed om hem heen gedrapeerd. Hij zag iets wat leek op het begin van een blauw oog, een aantal kneuzingen en een bloedneus. Maar waar Gijsbert nog wel het meeste om treurde, waren de gigantische zweetplekken onder zijn oksels.

VII

Gijsbert zag het bijna in iedere film. De prachtige setting van een warme, levendige stad. Een wirwar van mensen die volop leefden en ergens daartussen liepen zij, nog alleen, maar onbewust op zoek naar elkaar. Of het speelde zich af in een mooie, dure buitenwijk waar hij woonde dankzij zijn succesvolle leven en zij was de schoonmaakster van het huis. Ze hoorde niet in zijn sociale wereld, maar hun aantrekkingskracht was gewoonweg te groot. Het ging niet altijd gemakkelijk, de weg naar de liefde. Maar dat was ook goed, vond Gijsbert, het moest niet te gemakkelijk gaan. Het liefst haatten ze elkaar in het begin van het verhaal. Des te mooier was het dan als ze toch samen eindigden. En je moest zo lang mogelijk wachten met de zoen, vond Gijsbert, daar moest je tot op het einde mee wachten. Dat was een ongeschreven regel, want die langverwachte zoen voelde altijd het beste. Zelfs als je niet degene was die zoende. Zelfs als je nooit degene was die zoende.

Op perfectie zou ze niet vallen. Perfectie was saai, dacht Gijsbert, en maakte het verhaal niet spannend. Het was dat menselijke wat zo mooi was, die fouten in ons allen. Gijsbert was dus niet alleen maar de koene ridder, de prins op het witte paard. Misschien wel, maar dan een prins die ook af en toe een klein foutje maakte. Gijsbert zou dan *per ongeluk* kunnen uitglijden over een vers geproduceerde drol van zijn eigen paard wanneer hij afstapte om haar te begroeten. Hij zou *per ongeluk* tegen iemand kunnen opstoten als hij haar, al lopende, wilde uitzwaaien. Ridders en prinsen maakten ook wel eens zulke stuntelige foutjes, dacht Gijsbert. Hij zou ook kunnen huilen als iets mis zou gaan in het kasteel, zodat ze zijn kwetsbare kant kon zien. Het werkte namelijk beide kanten op, die openheid van karakter, beredeneerde Gijsbert. Kijk maar naar iedere romantische film ooit gemaakt, dacht hij. Geen beter bewijs dan dat bestond. Een koene ridder. Een prins. Een mens.

VIII

Gijsbert was er klaar voor. Het moment dat zijn verhaal begon. Het Groene Park zag, op het moment dat hij door de poort liep, oranjebruin. Hinkelend en vooral langzaam liep Gijsbert het wandelpad op en keek om zich heen. Hoge bomen wisselden lage struiken af rondom het pad, behalve midden in het park waar een grote grasvlakte lag dat werd gebruikt door de inwoners van de stad.

Gijsbert had het niet beter kunnen treffen; hij zag dat vrouwen die alleen liepen verreweg in grotere getalen aanwezig waren dan mannen of koppels.

Hij zag bijvoorbeeld een knappe, blonde vrouw haar lelijke hondje uitlaten. Ze had haren tot over haar schouders en op haar voorhoofd een zonnebril met grote, ronde glazen in een kunststofmontuur. Haar jas was gemaakt van bont. Ze leek Gijsbert het type dat alleen echt bont droeg, terwijl haar omgang met haar hondje juist zou suggereren dat ze ontzettend van dieren hield. Wellicht iets te veel zelfs, dacht hij. Haar hondje – dat naar Gijsberts mening één van de lelijkste rassen ter wereld moest zijn geweest – droeg in feite dezelfde bontjas als haar baasje, in kleiner formaat. De ogen van het beestje puilden zo erg uit hun oogkassen dat het per definitie scheel en zielig keek.

'Goed zo, poepiewoepiefloepsiewoepewoep!' zei ze met een hoge, aangezette stem tegen het kleine beestje dat met één van haar uitpuilende ogen naar haar baasje keek.

'Ja, dat heb je goed gedaan, hè! Ja! Ja!' zei ze enthousiast naar het mormel. Met haar andere oog leek het beestje Gijsbert aan te staren met een blik die deed vermoeden dat ze hem smeekte om haar uit haar lijden te verlossen. Maar voordat Gijsbert aan deze vraag kon voldoen – wat wellicht de raarste versiertruc zou zijn, iemands hond de nek omdraaien – werd het kleine diertje alweer aan haar bontjasje meegesleurd door haar baasje. Gijsbert besloot dat dit wellicht niet de ideale andere helft van zijn romantische verhaal zou zijn.

Meteen werd Gijsbert uit zijn gedachten getrokken door een passerende vrouwelijke jogger. Haar lange, bruine haren had ze opgestoken tot een knotje om daaronder haar zweetband te hebben. Ze rende snel maar gecontroleerd. Hypergeconcentreerd zelfs, vond Gijsbert. Zo snel als een vuurpijl rende ze met de afbuiging van het pad mee.

Ze leek perfect voor zijn verhaal, dacht Gijsbert. Dit kon de dame zijn waarmee hij, dankzij een ongeforceerd ongelukje, de liefde zou kunnen vinden. Maar nog voordat Gijsbert het in scène kon zetten werd ze voor zijn neus weggekaapt. Een mannelijke jogger, die zijn schoenveter aan het strikken was, stond midden op het pad stil waar zij, ondanks haar poging tot ontwijken, frontaal tegenop botste. Samen vielen ze hard op de grond. Geluksvogels, dacht Gijsbert.

'Stomme idioot! Ben je nou echt zo dom als dat je er uit ziet?' schreeuwde ze terwijl ze opstond en haar benen afklopte.

'Sorry, ik-' verontschuldigde de man zich.

'Kom niet aan met excuses, flapdrol! Denk eens wat beter na voordat je zoiets stoms doet!' onderbrak ze hem mee.

Overdonderd keek hij haar aan.

'Ik moet ook niet teveel verwachten van jullie, hè! Blijft een stom geslacht, is maar weer eens duidelijk!' Ze rende weer verder maar niet zonder de man nog met haar schouder omver te lopen.

De keuze werd al wat meer beperkt voor Gijsbert. Om eerlijk te zijn, zag hij nog maar één kandidate die zou kunnen voldoen aan zijn plaatje. Ze zat op een bankje een boek te lezen. Ze had een oranje wollen trui aan, wat mooi afstak tegen haar zwarte haren. Rustig zat ze daar haar boek te lezen. Ze las waarschijnlijk iets leuks, omdat een klein glimlachje op haar gezicht verscheen.

Dit was haar, Gijsbert wist het zeker. Het moest wel, het was altijd de derde meid als zich eerst twee verschrikkelijke keuzes voordeden, dacht hij.

Zijn lichaam, weliswaar onder de wonden en volledig uitgeput, vulde zich met hernieuwde energie. Gijsbert voelde alle pijn magisch wegebben en verruilde zijn hinkelen voor een stevige pas richting het bankje waar de vrouw op zat. Snel arrangeerde hij zijn gescheurde overhemd zo dat de scheuren niet meteen zouden opvallen.

Haar ogen bleven gefixeerd op de woorden van de pagina's voor haar neus. Het moest wel een interessant boek zijn, ze ging er helemaal in op. Ze moest vast erg intelligent en geleerd zijn. Met haar kon hij vast avonden achter elkaar door de stad slenteren, aan de rode wijn zitten, naar klassieke concerten gaan of gewoon genieten van een goed gesprek over van alles en nog wat.

Gijsbert ging op het uiteinde van het bankje zitten en als een klein kind kon hij bijna zijn giebelen niet binnen houden. Hij danste praktisch op zijn zitplek bij de gedachte van wat zou volgen. Door zijn hoofd ratelden alle mogelijke scenario's. Zou ze haar boek *per ongeluk* uit haar handen laten vallen vanwege haar stunteligheid en zou hij het dan voor haar oppakken? Zou ze, verloren in haar boek, haar hand *per ongeluk* op die van hem leggen en zich dan schamen terwijl hij verlegen naar haar zou lachen? Zou ze zich zo laten meeslepen in haar verhaal dat ze zou gaan liggen, met haar hoofd *per ongeluk* op Gijsbert zijn schoot om er pas later achter te komen waar ze eigenlijk was, terwijl hij haar diep in de ogen zou aankijken? Dat laatste leek hem het meest onwaarschijnlijk, maar Gijsbert vond het desalniettemin het fantaseren waard.

Maar tot zijn verbazing volgde geen van zijn scenario's. Ze stond al lezend op en wilde weglopen.

Gijsberts ontspannen, optimistische energie schoot spontaan naar alarmfase rood. Dit was niet de bedoeling. Wat moest hij nu? Waarom liet ze niet gewoon haar boek vallen?

Ze liep langs het bankje naar het pad. Waarom had ze niet gewoon haar hand *per ongeluk* op die van hem gelegd, dacht hij? Ze passeerde Gijsbert. In een reflex stak hij zijn linkerbeen uit voor haar voeten. Ze was volledig in haar boek opgegaan en zag het niet. Languit viel ze op het rode gras en haar boek vloog enkele meters verderop.

Met verwrongen gezicht keek Gijsbert toe hoe ze de graskluiten, die ze *per ongeluk* in haar mond had gekregen, uitspuugde en rechtop ging zitten. Het ging langzaam en met veel moeite. Het moest aardig veel pijn hebben gedaan, dacht Gijsbert. En toen schoot hem iets te binnen. Haar boek lag daar op de grond. Dit was wellicht zijn kans om alsnog goed te doen.

Nog voordat ze volledig was opgestaan greep Gijsbert het boek van de grond en liep naar haar toe. Ze hoestte luidkeels en trok haarzelf op aan het bankje.

'Deed je dat nou expres?' vroeg ze.

'Hier, u liet uw boek vallen.' Gijsbert zette zijn mooiste en meest onschuldige glimlach op die hij kon trekken.

'Ik liet mijn boek vallen omdat jij mij liet struikelen!' Haar ogen werden groter en ze staarde Gijsbert aan.

'Hier, u liet uw boek vallen. Hoe heet u, mevrouw?' probeerde hij nogmaals met een glimlach.

'Liet je mij expres struikelen of niet?' vroeg ze woedend. Angstig bleef Gijsbert stil.

'Misschien,' mompelde hij. Zijn respons werd beantwoord met een klap in zijn gezicht, waarna de vrouw wegstormde.

'Wacht u vergeet uw-,' zei Gijsbert met één hand op zijn rode wang terwijl hij naar het boek in zijn andere hand keek. "Mein Kampf"?

Geschrokken keek hij naar het boek in zijn hand en liet het op de grond vallen. Dit hielp uiteraard niet om haar minder boos te maken. Ze griste het boek van grond en liep weg.

'Gestoorde,' mompelde ze nog.

'Excuseert u mij, ik ben hier niet degene die een boek van Adolf Hitler leest!' schreeuwde Gijsbert nog woedend na. Ze stak haar middelvinger op en wederom voelde Gijsbert de pijn van alle wonden, blauwe en rode plekken, kneuzingen en zijn gebroken hart weer opkomen. Teleurgesteld hinkelde hij naar huis.

IX

Weer langs het drukke plein. Weer langs de zwarte beren. Nog meer wonden en nog meer angst. Zo verliepen de dagen die volgden voor Gijsbert. Twee maanden lang legde hij de helse tocht af om in het Groene Park zijn geluk te vinden. Iedere dag. Hij zag prachtige vrouwen die zijn geënsceneerde ongelukjes beantwoordden met een klap, vrouwen waar een draadje bij loszat, vrouwen die hem niet eens zagen staan of vrouwen die al hun romantische wederhelft hadden gevonden.

Elke dag ging hij gevuld met optimisme de deur uit, ook al was het de zoveelste keer dat hij doodsangsten moest doorstaan om er te geraken. De beloning aan het einde van de weg zou het wel waard zijn, dacht hij. Maar elke dag keerde hij terug met een glimlach honderdtachtig graden omgedraaid. Met kleerscheuren. Met wonden. Met pijn, vooral in zijn hart.

Het optimisme nam af, de sprankelende energie vervloog, Gijsbert had steeds meer moeite om uit bed te komen. Soms bleef hij een dag thuis en bleef hij in zijn bed. Zijn kachel werkte niet, het was koud.

Hij bleef nu meer dagen thuis dan dat hij naar het park ging. De zwarte beren werden agressiever, ondanks de hoop van Gijsbert dat de beesten – net als gewone beren in het bos – ieder moment konden beginnen aan hun winterslaap. En het plein werd nog drukker en de mensen reageerden nog harder, omdat iedereen gezien de kou graag snel op hun bestemming wilde zijn.

Gijsbert ging niet meer naar het park. Geld om zijn appartement te betalen had hij niet meer. Hij solliciteerde bij eetcafé "De

Hoop" als bediende. Hij werd aangenomen en na het ongeval op zijn eerste werkdag besloot hij voor niets meer naar buiten te komen.

X

Het is nu oud en nieuw. Gijsbert zit met dikke dekens om zich gewikkeld voor het raam en kijkt naar buiten. De stad gloeit van het licht dat overal nog brandt en er is een zacht geroezemoes hoorbaar van de mensenmassa die zich op het Grote Plein heeft verzameld. Dit keer niet om als bezetenen langs elkaar te rennen. In plaats daarvan staat iedereen stil en praat met elkaar, lacht met elkaar, flirt met elkaar.

Gijsbert kan alleen maar denken aan de oneerlijkheid. De oneerlijkheid dat hij zijn liefde niet heeft gevonden. Hij, die zijn hele leven al zijn best doet om goed te doen. Hij rookt niet, hij drinkt niet, hij scheldt niet, hij roddelt niet, hij slaat niet. Hij doet niets fout. Hij heeft geleerd van de besten. De films liegen niet, iets dat Gijsbert ook niet doet, zo heeft hij daarvan geleerd om dat niet te doen. Hij snapt het niet.

Het is twaalf uur en er breekt een luid applaus en gejuich uit op het Grote Plein. Vuurwerk wordt ontstoken en in successie schieten de vuurpijlen de lucht in. Explosies, gelach en zelfs iets zo abstract als liefde is hoorbaar door de hele stad. In Gijsberts kamer is het donker en stil. Ook zijn waterige ogen zijn geluidloos. 'Waarom ik niet?,' fluistert hij zacht.

Hij voelt zich net als die haai. Hijgend en puffend zijn best doen om te overleven in een omgeving die niets voor hem doet. Als enige haai tussen een groep mensen begeven en toch zo hulpeloos zijn. De glazen water die hem af en toe in leven houden zijn eerder een marteling dan daadwerkelijke hulp. Het enige dat hem anders maakt dan de haai, bedenkt Gijsbert, is dat hij zichzelf door het spreekwoordelijke raam heeft gesmeten. Al kan hij niet met zekerheid zeggen dat de haai niet hetzelfde heeft gedaan.

Hij zwaait de deken van zich af en staat met een ruk op.

'Ik vraag dit maar één keer! Als er iets of iemand is, daar waar de vuurpijlen exploderen, die mij kan helpen, doe dat dan alsjeblieft! Ik vraag niet veel. Ik vraag alleen om liefde zoals de films voorschrijven! Liefde zoals het hoort! Help mij, alsjeblieft! Ik hou dit niet nog een jaar vol!'

De explosies en de uitbundige stemmen op het plein gaan gewoon door en Gijsbert staart naar de, door verschillende kleuren verlichte, lucht. Teleurgesteld, gaat hij weer zitten en trekt de dekens over zich heen. Een traan rolt over zijn wang, maar het geluid van zijn snikken verdrinkt in het geluid van het gefeest.

Dan wordt er op zijn deur geklopt. Nieuwschierig kijkt Gijsbert naar zijn deur, wetende dat de beren niet kunnen kloppen, en blijft stil naar de plek waar het geluid vandaan kwam staren. Daar is het weer. Een menselijke klop op zijn voordeur.

Gijsbert schiet op van zijn stoel en loopt er naartoe. Wie zou dit kunnen zijn, vraagt hij zich af. Het is nu doodstil. Voorzichtig brengt hij zijn hoofd dichtbij de houten deur. Hij hoort een luidkeelse hoest achter de deur vandaan komen. Een hoest die Gijsbert herkent, denkt hij. Teleurgesteld pakt hij de deurknop vast en draait de sloten open.

'Mevrouw de conciërge, wat kan ik voor u doen?' vraagt hij monotoon. Hij doet de deur open. Als hij ziet wie er voor de deur staat verschieten zijn ogen van dof naar helder. Zijn pupillen worden groter en zijn mondhoeken trekken een klein beetje naar boven.

Voor Gijsbert zijn neus staat een jonge, knappe vrouw met bloedrood haar. Ze hoest in de binnenkant van haar ellenboog, wat lijkt op een vampier die zijn cape voor zijn gezicht houdt. Met kleine traantjes in haar ogen en een glimlach op haar gezicht kijkt ze Gijsbert aan.

'Sorry, ik begin een beetje ziek te worden. Mijn kachel werkt niet.' Als een doofstomme staart Gijsbert haar aan. Ze ziet de dikke deken die hij om zijn lichaam heeft gewikkeld.

'Die van jou dus ook niet?' Ze glimlacht, net als Gijsbert die zijn grijns niet meer kan tegenwerken. Dit is het. Dit is dat gevoel waar Gijsbert al jaren naar heeft gezocht. Zijn lichaam wordt gevuld met een warme gloed en zijn ogen glinsteren van energie.

'In ieder geval sta ik hier omdat ik dacht dat jij vast een mooi uitzicht heb over de stad,' gaat de knappe jongedame verder.

Gijsbert krijgt het bloedheet in zijn dikke bepakking van dekens, maar hij staat nog steeds als bevroren haar aan te gapen. Deze betovering weet zij gelukkig te doorbreken met een vingerknip voor zijn neus.

'Ja. Ja, ik heb een mooi uitzicht op de stad hier. Wil je het zien?' blaat hij uit.

'Daarom klopte ik aan,' zegt ze met een glimlach.

De energie die door Gijsberts lichaam giert doet hem spastisch en hyperactief bewegen. Hij zet een stap naar achteren, hij wijst ter uitnodiging zijn linkerarm richting de donkere woonkamer en hij buigt tot een negentig graden hoek om haar te verwelkomen.

'Goed opgevoed, zie ik?' grinnikt ze en ze loopt naar binnen. Ze kijkt om zich heen en ziet de donkere grot die Gijsbert zijn appartement noemt. De korte blik die verraadt wat ze van het appartement vindt ontgaat Gijsbert. Ze loopt naar het raam en gaat zitten.

'Betoverend, hè?' Met rillingen over haar schouders kijkt ze naar het verlichte schouwspel boven het Grote Plein.

Maar Gijsbert verstaat er niets van. Hij ziet haar alleen maar. Hij ziet haar daar zitten bij het raam. Hij ziet ze samen zitten in het park, lachend en knuffelend. Hij ziet hoe ze aan het altaar staan en hoe zij 'ja' zegt. Hoe ze reageert op de uitslag van de zwangerschapstest. Hoe hij haar door de bevalling heen helpt. Hij ziet hen samen hun zoon uitzwaaien die op zichzelf gaat wonen om te studeren. Hij ziet hoe ze samen hun woning in Terzeijle ingaan om daar, als twee oudjes, voor het raam te zitten, precies zoals zij nu ook doet.

'Magisch,' zegt hij zacht. Nog een koude rilling gaat over haar hele lichaam heen en ze hoest, waardoor Gijsbert ontwaakt en snel zijn dekens om haar heen doet. Hij gaat naast haar zitten.

'Dank je,' zegt ze zacht.

'Graag gedaan.'

'Ik heet Kaja.'

'Gijsbert.'

'Wat is vuurwerk toch prachtig om te zien. Ik zou er wel uren naar kunnen kijken.'

'Vind ik ook,' antwoordt Gijsbert, ook al vindt hij dat eigenlijk niet.

XI

Kaja is grappig en lief. Ze is leuk en ze is gek. Maar ze kan ook serieus en nuchter zijn. Ze is knap, vindt Gijsbert, met haar bloedrode haren in een prachtige boblijn geknipt. Ze heeft ijsblauwe ogen en een vanillekleurige huid. Ze is avontuurlijk en klopt gewoon bij mensen aan. Ze is niet bang voor de wereld en ze ziet het leven als een groots spel dat gespeeld dient te worden. Gijsbert is op slag verliefd op haar.

De hele avond daarvoor lijkt in een seconde voorbij te zijn gegaan.

'Zie ik je morgen in het park?' vraagt ze aan het einde van de avond. Gijsbert antwoordt niet, maar zijn smeltende blik spreekt boekdelen.

Kaja was niet bang voor de zwarte beren toen ze terug naar haar eigen appartement liep.

Gijsbert was nog steeds bang voor de beesten en voor de mensen op het plein, maar voor haar zou hij iedere draak verslaan die hem voor de voeten geworpen zou worden.

Alle maanden van pijn en angst gingen nu eindelijk vergezeld met wat blijdschap en liefde. Opengekrabd en stukgetrapt kwam hij dan aan in het park en ontmoette haar daar. Ze liepen er nooit samen naar toe. Maar dat vond hij niet erg, dacht hij. Ze was de pijn waard, vond hij. De pijn, de stress en de angsten die hij doorstond om bij het Groene Park aan te komen om te zien dat het park naar dezelfde rode kleur als haar haren verkleurden werkte magisch op zijn strijdlust.

Het werd weer zomer en de sneeuw was nooit gekomen, maar de warmte en de langere dagen wel. Gijsbert en Kaja beleefde warme liefde met het park als eeuwig verkleurend decor. Ze picknickten, ze lachten en ze zoenden. Maandenlang. Het was liefde zoals Gijsbert had gehoopt. Zoals hij had gezien in de films. Zo perfect dankzij de twee imperfecte mensen die het uitvoerden. Het was zoals het voor altijd moest blijven, zo dacht Gijsbert. Dit waren de avonden die hij wilde vastzetten in tijd om hier voor eeuwig te blijven. Hij vervloekte dan ook het vergaan van de tijd, iets wat Kaja zo grappig vond als hij dat deed. Ze noemde hem 'Gijsje' en hij kon niets beters verzinnen dat liever klonk dan

Kaja, dus noemde hij haar gewoon zo.

Als het park paars kleurde mocht geen van beide iets zeggen, zo hadden zij afgesproken. Ze mochten dan alleen elkaar aankijken of vasthouden maar praten was strikt verboden. Helaas konden ze het dan vaak niet weerstaan om te lachen, dus lachen werd, na een unanieme beslissing, toegestaan.

Het was in de zomer van dit jaar dat ze tegen elkaar 'ik hou van je' zeiden. Spontaan van beide kanten, floepte het op hetzelfde moment uit hun mond. Het was een prachtig stuntelig moment. Het was alles wat Gijsbert en Kaja wilden. Alles wat verschrikkelijk aan Flinsteren en zijn inwoners was, werd rechtgetrokken door deze prachtige jonge vrouw, dacht Gijsbert. Dit was de happy end van zijn verschrikkelijke verhaal en nu konden ze de rest van hun leven opbouwen en nog lang en gelukkig leven.

THE END, dacht Gijsbert.

XII

Het is weer winter. Vanavond is het oud en nieuw. Gijsbert en Kaja zijn uit eten in eetcafé 'De Hoop.' Aan het tafeltje aan het raam zitten zij achter hun menukaarten gedoken. Het is precies een jaar geleden dat zij bij hem naar binnen stapte.

'Wat ga jij nemen?' Hij glimlacht naar haar.

'Weet ik-' Kaja hoest hard in de binnenkant van haar ellenboog. 'Weet ik nog niet. Wat neem jij?' vraagt ze en kijkt hem liefdevol aan.

'Gaat alles wel goed? Je klinkt nog erger dan onze conciërge.'

'Ja, alles is prima,' antwoordt ze en glimlacht.

'Heeft u al een keuze kunnen maken?' De blonde serveerster

kijkt naar het notitieblokje in haar hand terwijl ze naast de tafel van Kaja en Gijsbert staat.

Gijsbert kijkt naar Kaja en dan naar zijn blonde ex-collega.

'Ik denk dat ik de haaievinnensoep neem,' zegt hij tevreden.

'Haaievinnensoep, genoteerd. Komt er aan.' De serveerster wil weglopen, maar Gijsbert houdt haar tegen.

'Wilt u niet weten wat zij wil bestellen?' Ze loopt terug en kijkt Gijsbert aan.

'Serieus?' vraagt ze sarcastisch. Ontzet kijkt Gijsbert haar aan.

'Serieus, ja. Hoe durft u zich zo te gedragen. Ik ben weliswaar voor heel even uw collega geweest, maar op dit moment dient u ons gewoon als klanten te behandelen. Wat wil jij hebben, liefje?' Enigszins gegeneerd kijkt Kaja op haar menukaart.

'De kogelbiefstuk?' antwoordt ze en vervolgt het met een heftige hoestbui.

'Ziezo,' zegt Gijsbert terwijl hij de serveerster adresseert, 'de kogelbiefstuk, graag. En het spijt me dat ik dit moet zeggen, maar ik ben bang dat u bij deze de fooi door uw eigen neus heeft geboord.' De serveerster haalt haar wenkbrauwen op en loopt ongeïnteresseerd weg.

'Belachelijk, toch?' Hij kijkt Kaja aan.

'Ja, belachelijk,' antwoordt ze zacht en hoest vervolgens luid. Een antwoord dat alles behalve voldoet voor Gijsbert. Ze ontwijkt zijn blik en hij ziet het. Het blijft een tijdje stil aan tafel, op het hoesten van Kaja na.

'Kaja, wat is er?' Ze antwoordt niet. Met haar ijsblauwe ogen kijkt ze Gijsbert diep in zijn ogen aan. Hij probeert te achterhalen wat haar zo bedroefd maakt. Hij wordt er zelfs nerveus van en hij voelt door zijn hele lichaam een angstig soort energie opbouwen.

'Kaja, vertel mij alsjeblieft wat er aan de hand is.'

'Dat wil ik niet. Niet nu,' zegt ze met smekende ogen, iets wat

Gijsbert alleen maar meer alarmeert.

'Laten we alsjeblieft gewoon gaan eten,' vraagt ze. 'We kunnen het straks even bespreken na het eten.'

'Ik wil toch heel graag nu weten wat er scheelt,' zegt hij gedempt.

Kaja twijfelt en Gijsbert ziet het. Maar hij laat niet los en hij blijft haar met zijn dofbruine ogen aankijken. Alsof het ijs in haar blauwe ogen aan het smelten is, worden haar ogen waterig.

'Ik ben bang dat ik het volgende jaar niet meer haal, Gijs.' Aan de buitenkant probeert Gijsbert niets te laten merken van de aardbeving die binnenin hem lijkt te zijn ontstaan.

'Hoe bedoel je?' vraagt hij met een flauwe trilling op de schaal van Richter in zijn stem.

'Ik bedoel dat ik hier maar voor één jaar ben. Eigenlijk heb ik je niet helemaal eerlijk vertelt wie of wat ik ben.' Ook haar stem trilt.

'Wie of wat ben je dan?' Gijsbert voelt de aardbeving als een golf van negatieve energie door zijn lichaam verspreiden, zo erg dat de golf ook zijn ogen bereikt. Ze worden waterig, iets wat de tijd krijgt om erger te worden nu Kaja niet antwoordt.

'Wat is hier aan de hand, Kaja?'

'Ik ben niet echt, Gijsje.'

De dammen onder Gijsbert zijn ogen zijn doorgebroken. Er rolt een traan over zijn onderste ooglid, langs zijn wang naar beneden. Hij is niet eens verbaasd of twijfelt aan de waarheid van haar opmerking. Het lijkt wel alsof hij het altijd ergens al wist. Waarom en hoe wist hij niet, maar het gevoel dat een happy end hem ontnomen kon worden, was er altijd. De angst. De allesvernietigende angst was altijd aanwezig en, zo blijkt maar weer, terecht.

De blonde serveerster staat naast de tafel met de twee gerechten in haar handen.

'De haaievinnensoep.' Ze zet het bord voor Gijsbert neer. 'En de kogelbiefstuk,' en zij zet het bord ernaast voor Gijsbert zijn neus. 'Eet smakelijk,' zegt ze terwijl ze zich omdraait en wegloopt. Stil kijken de twee elkaar aan. Haar blik smeekt om genade en zijn blik is leeg. Voor het eerst voelt Gijsbert zich volledig leeg. Als een toeschouwer, vanuit de derde persoon kijkt hij naar zijn eigen situatie. Hij vindt er niets meer van. Hij denkt niets meer en hij voelt niets meer. Gijsbert bestaat net zo min meer als Kaja ooit heeft bestaan, denkt hijzelf. Hij loopt het restaurant uit en laat Kaja achter. Hij loopt het plein over op weg naar huis, maar dit keer is er iets anders. Gijsbert mengt zich perfect met de menigte. Hij stoot tegen niemand op en hij beweegt net zo snel als de rest.

XIII

Films geven een vertekend beeld, vindt Gijsbert. Ze beloven geluk voor iedereen, een verhaal met begin, midden en einde. Het vertelt verhalen van koene ridders en prinsen die op ons lijken. Maar als ze zo op ons lijken, waarom ziet hij ze nergens op straat, vraagt Gijsbert zich af. Waar zijn deze mensen die wij allemaal herkennen en graag willen zijn? Waar is de draak en waar is de prinses? Waar zijn de vrouwen die stuntelend op zoek zijn naar de liefde?

Niet waar hij leeft, denkt Gijsbert. Niet in Flinsteren en niet in Terzeijle. Hier wonen gewone mensen zonder verhaal. Zonder doelstelling of ambitie. Hier lopen mensen gewoonweg langs elkaar op weg naar hun volgende bestemming om de constante grijze lijn die hun leven is door te zetten. Alle magie en pracht in de wereld verandert dat niet.

Wellicht is dit een luxeprobleem, beredeneert hij. Wellicht is dit gewoon het gevoel van nutteloosheid en verveling. Dit is misschien wel gewoon het probleem van iemand die geen echt doel in zijn leven kan vinden, denkt Gijsbert. Maar als liefde geen goed doel is om na te streven, wat dan wel?

Gijsbert zijn probleem is, naar zijn mening, dat het hem allemaal teveel boeit. Hij wil graag en hij wil de wereld begrijpend maken, maar iedere stap die hij vooruit zet lijkt beantwoord te worden met twee stappen terug. Wellicht is leven als een film gewoon fijn en simpel, denkt hij, en is de echte wereld dat helaas niet.

Maar hij kan toch niet de enige zijn die zich zo voelt? Is hij dan de enige koene ridder in deze grijze massa op het Grote Plein? Is hij de enige die liefde zoekt en optimistisch is voor een magische toekomst zoals een happy end?

Gijsbert vraagt zich af of dit is wat zijn vader toentertijd bedoelde. Deze gedachte schudt hij snel van zich af omdat hij net besloten had om niets meer te denken, voelen of vinden.

XIII

Thuis voor het raam kijkt Gijsbert toe over Flinsteren. Eigenlijk zou hij boos moeten zijn op deze wereld, denkt hij. Eigenlijk zou hij in een grootse climactische actie deze hele stad kapot moeten maken. Alle zwarte beren op het plein afsturen. Maar dat zou de oude Gijsbert hebben gedaan. Dat is namelijk de filmische manier van werken en dat doet de nieuwe Gijsbert niet meer.

Zijn verhaal zal net zo gebeurtenisloos eindigen zoals het echte leven is, besluit hij.

'Ben je boos?'

Gijsbert draait zich om en ziet Kaja in zijn kamer staan.

'Ik ben niets meer,' antwoordt hij mat.

Ze neemt een stapje zijn kant op.

'Jij hebt mij gemaakt, Gijsje. Jij wilde het zo graag. Je creëerde mij, alleen maar om als teleurstelling te eindigen omdat ik niet je happy end kan zijn.'

'Je bent dus een perfecte reflectie van de werkelijkheid,' zegt Gijsbert. Ze glimlacht met een treurige gloed om haar heen.

'Misschien is dat inderdaad zo. Maar is het niet goed om dit te weten? Het zal niet veranderen. De werkelijkheid wordt niet opeens magisch door wat jij wilt.'

'Je maakt het niet veel beter.'

'Maar jij kan toch wel een beetje de werkelijkheid *zien* zoals jij wil? Is het niet gewoon samen een mooie optelsom?' Gijsbert tuurt uit het raam en legt zijn hoofd op zijn armen op de vensterbank.

'Ik snap het allemaal niet meer, waar hebben we het ook alweer over?' mompelt hij zacht. Kaja glimlacht.

'Over je doel van de liefde en dat daar niks mis mee is.'

'Vind ik ook.'

'Gijsbert, ik wil dat je stopt met ertegen vechten. Je wordt moe als je maar tegen onvermijdelijke dingen blijft vechten. Flinsteren blijft Flinsteren en Terzeijle blijft Terzeijle.'

'En in het appartement wonen zwarte beren en de mensen op het Grote Plein hebben altijd haast,' vult hij haar aan.

'Precies,' antwoordt ze waardoor ze weer moet hoesten. Gijsbert draait zich om naar Kaja en kijkt in haar ijsblauwe ogen.

'Ik hou echt heel erg veel van je.'

'Ik ook van jou,' antwoordt ze zacht. Gijsbert kijkt haar met waterige ogen aan.

'Ik kan gewoon niet geloven dat jij niet echt bent.'

Kaja loopt naar Gijsbert en omarmt hem.

'Je gaat iemand vinden, dat beloof ik je. Ik ben misschien over twee maanden weg maar jij niet.' Gijsbert maakt zich los.

'Ik snap deze wereld gewoon niet.'

'Aangezien ik een deel van jou ben, ik ook niet.' Ze kijkt Gijsbert lief aan. 'Ik kan je wel vertellen wat je eigenlijk ergens al weet, maar wat je steeds probeert weg te stoppen. De wereld werkt niet zoals de films. Het loopt anders en heeft zijn eigen regels. Regels die je niet kan ontkennen, simpelweg omdat je het er niet mee eens bent. De romanticus kan ook naïef worden genoemd, Gijsje. Je kan vluchten van Flinsteren, maar Flinsteren is overal en voor iedereen. Ik durf zelfs te zeggen dat je vader net zo was als jij. Dat hij weet hoe jij je voelt. Dat je de gedachte hebt dat niemand je begrijpt. Dat je alleen bent. Het gevoel en de frustratie dat het niet zo in elkaar steekt zoals je hoopt en ik weet dat het vervelend is om dat te voelen, Gijsbert, dat weet ik maar al te goed. Maar er zit ook magie in deze echte wereld en je kan wellicht je kaarten in je hand niet verruilen voor andere, je kan ze wel zo goed mogelijk spelen.'

Ze zet een stap dichterbij Gijsbert, terwijl buiten het gejuich van het feest weer opkomt. De eerste vuurpijlen schieten de lucht in.

'Er kan ook iets moois over jou worden gezegd, Gijsje. Je moed. Je hoopvolle kracht dat bergen kan verzetten, zwarte beren kan temmen en wilde rivieren van mensen kan bedwingen. Er zit iets moois in films, Gijsbert. Neem dat moois mee naar de echte wereld. Ga zitten in de bioscoopstoel en ontspan, kijk naar je eigen leven hoe het uitspeelt en geniet ervan.'

Kaja begint langzaam te vervagen.

'Toch leuk om te zien dat ik verdwijn op een clichématige

manier, zoals in de films.' Ze glimlacht naar Gijsbert. Hij glimlacht terug.

'Ik hou heel erg veel van je, Kaja.'

'Ik ook van jou, Gijsje.'

Kaja verdwijnt.

Epiloog

In de eerste instantie leek dit een slecht einde van Gijsberts verhaal. Toch bleek er in de maanden die volgden wel degelijk iets te zijn veranderd.

Gijsbert voelde zich niet meer als de haai in het restaurant. Hij was minder aan het spartelen op het droge. Dat nam niet weg dat hij de zwarte beren nog steeds irritant vond en de mensen op het plein, gemeen. Maar hij wist er nu mee om te gaan.

Misschien lag voor Gijsbert het *happy end* in het feit dat hij geen *happy end* zou krijgen. Hij had geen haast meer. Een geleidelijk proces dat hem gelukkiger maakte dan ooit tevoren. Een proces dat niet, zoals in de films, magisch overnacht zou gebeuren.

Hij miste Kaja zo af en toe. Dat mocht ook, vond hij zelf. Hij zou altijd van haar houden, dat wist hij. Wie weet, zou er ooit nog iemand komen waar hij zoveel van kon houden als van haar.

Hij was er klaar voor. De dag dat zijn leven begon had hij met gemak doorstaan.